Darja Reichör

DER STURM ZIEHT VORÜBER

Titel der Originalausgabe: La tempête passe

Verlag der Originalausgabe:
Équipes Mobiles, 9 rue caisserie 13002 Marseille, France
©2021 Équipes Mobiles – ISBN: 978-2-490809-00-4

Verlag der 2. französischen Auflage:
Les Éditions Première Partie, 60 rue de Rome, 75008 Paris, France
©2021 Les Éditions Première Partie – ISBN: 978-2-36526-273-6

Deutsche Übersetzung: Der Sturm zieht vorüber
©2022 Équipes Mobiles, 9 rue caisserie 13002 Marseille, France

Bibelzitate, soweit nicht anders angegeben, wurden von der Gute Nachricht Bibel, revidierte Fassung, durchgesehene Ausgabe, © 2000 Deutsche Bibelgesellschaft, Stuttgart entnommen. Alle Rechte vorbehalten.

Autor: Darja Reichör www.darjareichor.com
Übersetzung: Brita Lütke
Lektorat: Claudia Böckle www.korrekturleserin.at
Publishing Berater: Celina Mina www.createwithcelina.com
Umschlaggestaltung: Caroline Soulères und Stuart Smith
Fotos: Rija Rasoamanana

ISBN: 978-2-490809-09-7
ISBN E-Book: 978-2-490809-08-0
Alle Rechte vorbehalten

Darja Reichör

DER STURM ZIEHT VORÜBER

EMPFEHLUNGEN

„Dies ist eine kraftvolle Geschichte der Hoffnung, der Treue und des Durchhaltens. Darja hat mehr Leiden durchgemacht während ihres jungen Lebens als die meisten in ihrem ganzen Leben; aber anstatt weg zu rennen von ihrem Gott, zeigt sie uns den Trost, die Heilung und die Freude, die sie gefunden hat, als sie zu ihm lief. Dies ist nicht die übliche Leidensgeschichte, die wir hier finden. Viele würden glauben, dass Leiden hindeutet auf Gottes Abwesenheit, Verlassenheit und Bestrafung; aber das ist nicht Darjas Botschaft. Durch ihre Geschichte wiederholt sie dieselbe Botschaft, die König David in Psalm 23 verfasst hat: dass der Herr, unser Hirte, unser Gefährte, unser Tröster ist, während wir durch Täler gehen, in denen der Tod seinen Schatten wirft. Die Wahrheit, dass wir die Stürme des Lebens nicht zu fürchten brauchen, weil unser Gott mit uns ist, sollte uns zum Singen und zur Freude und zum Feiern bringen! Darja ermutigt uns, die Stürme, die Schmerzen und die Leiden als Chance dafür zu sehen, dass Gott sich als stark und treu zu seinen Verheißungen erweisen kann. Unser Gebet ist, dass, wenn du diese erfahrene, mutige, leidenschaftliche und unerbittliche Frau Gottes triffst, du inmitten aller deiner Schwierigkeiten, denen du gegenüberstehst (oder gegenüberstehen wirst), auch zu diesem treuen Gott läufst, so wie sie es getan hat."
Glyn & Sophia Barrett
Senior Leader Audacious Church – audaciouschurch.com

Der Kampf ist real, aber Gott ist es auch. Wenn dieses Buch etwas tut, wird es dich daran erinnern! Eine Geschichte von Herausforderungen, Traumata, Krankheit und Schmerz, die letztendlich zu einem treuen, tröstlichen Gott führten. Lass dich inspirieren von Darjas standhaftem Glauben und sei ermutigt, deine Augen auf Jesus zu richten, unabhängig davon, was das Leben auf dich wirft.
Mark Varugese
Senior Leader, Kingdomcity Church – kingdomcity.com

Darjas Treue und ihr Vertrauen in Gott sind inspirierend. Trotz all der Schmerzen,

die sie ihr Leben lang ertragen hat, hält sie immer an der Hoffnung fest. „Der Sturm zieht vorüber" lädt uns ein, mit ihr auf die Reise zu gehen und unseren eigenen Glauben an Gott zu entdecken – auch inmitten unserer eigenen Stürme. Wir sind so dankbar für Darjas Mut, dieses dringend benötigte Buch zu schreiben. Es wird für viele ein Segen sein!
Thomas und Kat Hansen
Lead Pastors, Hillsong Church Denmark & Malmö – hillsong.dk

Wie kann man so strahlend, voller Lebensfreude, Eifer und Glauben sein, nachdem man mit neun Jahren sexuell missbraucht wurde, mehrere Male mit dem Tod konfrontiert war und fast alle vier Kinder verloren hat? Dieses Buch ist ein absolut kraftvoller Bericht von der Gegenwart Gottes inmitten der Stürme des Lebens. Darja ist der Beweis, wie Jesus in der Lage ist, das Böse zum Guten zu wenden. Er stellt wieder her und benutzt die Stürme unseres Lebens als kraftvolles Zeugnis seiner Treue und seiner Größe. Wir empfehlen dir, die Geschichte von Darja zu lesen.
Leo & Susanna Bigger
Leitende Pastoren der ICF Church und des ICF Mouvements – icf.church

Dieses Buch ist kein gewöhnliches Buch. Es ist ein außergewöhnliches! Darjas Geschichte gekoppelt mit Gottes Ruf auf ihrem Leben ist eine Quelle der Ermutigung, besonders für Menschen, die durch Herausforderungen gehen. Darja hat Psalm 84,6-7 live in ihrem Leben erlebt: „Wohl dem Menschen, dessen Stärke in dir liegt, [wohl denen], in deren Herzen gebahnte Wege sind! Wenn solche durch das Tal der Tränen gehen, machen sie es zu lauter Quellen, und der Frühregen bedeckt es mit Segen." Das kannst du auch erleben. Das Tal der Tränen hat das Potential dafür, eine Quelle in deinem Leben zu werden. Mit anderen Worten: Der Mist in deinem Leben kann zum Dünger für Gottes Reich werden. Dieses Buch verherrlicht kein Leid. Es verherrlicht einen Gott, der aus allem Leid etwas machen kann. Darja Reise wird dich faszinieren, ermutigen, trösten und stärken. Ich danke Gott für das Leben dieser tapferen Frau Gottes!
Friedhelm Holthuis
Senior Pastor Credo Kirche – credo-kirche.de

Die Geschichte von Darja ist ein unglaubliches Zeugnis von Heilung, Wiederherstellung und Hoffnung, das dich inspirieren wird, praktische Schritte zu gehen, um in der Freiheit zu wandeln, die jedem Menschen zur Verfügung steht, durch das, was Jesus Christus für sie getan hat. Darja nimmt dich mit auf eine Reise durch die Etappen ihres Lebens, um den Schmerz zu sehen, aber auf eine Weise, die dich auf die Suche nach Heilung weist. Es ist ein Buch für unsere Zeit. Ich bete, dass ihre Geschichte dich an einen Ort führen wird, an dem du mehr Frieden und Freude auf der vor dir liegenden Reise entdecken wirst.
Steve Gambill
Senior Pastor Life Church – lifechurchhome.com

In ihrem Buch „Der Sturm zieht vorüber" teilt meine Freundin und Pastorin Darja Reichör, ihre tapfere Geschichte von Kindheitstraumata und körperlichen Schmerzen, von denen sie letztendlich von Gott erlöst wird. Darja hat sich als Kind und dann als junge Mutter vielen Stürmen gestellt. Doch trotz der Stürme hat Darja gelernt, Gott in ihrem Leben zu vertrauen und gab ihm ihren Schmerz. Sie erinnert uns alle daran, dass das Leben voller Stürme ist, aber Gott immer bei uns und immer für uns ist. Dieses Buch wird alle herausfordern und inspirieren, die Traumata und Leiden erlebt haben und die sich fragten, wo Gott während der ganzen Zeit war. Sie werden ermutigt und daran erinnert, dass Gott mit ihnen ist, trotz der Stürme, denen sie gegenüberstehen."
Patrick O'Connell
Global Director NewThing Network – newthing.org

Als ich zum ersten Mal etwas von Darjas Geschichte hörte, war mein Herz tief berührt von Gottes erstaunlicher Liebe. Wiederherstellung und die Fähigkeit, aus Asche Schönheit zu machen. Darjas Geschichte handelt von Gottes Frieden, Versorgung und Energie. Es ist eine Geschichte über das Überwinden. In jedem Bereich, in dem Sie den Sieg erringen, erhalten Sie die Autorität, um diesen Durchbruch über andere freizugeben. Eines braucht die Welt heute, den Frieden und die Kraft von Gott. Frieden für jeden aufgewühlten Geist und jede müde Seele und Kraft, sich von dem zu befreien, was uns bindet. Wenn Sie in dieser Freiheit und Kraft wandeln

möchten und andere darin freisetzen wollen, dasselbe zu tun, dann kann ich dieses Buch nur sehr empfehlen.
Thomas Christensen
Leitender Pastor, Openchurch, Kopenhagen, Dänemark – openchurch.dk

Als ich dieses Buch, seine verschiedenen Geschichten und seine vielfältigen Herausforderungen las, erinnerte ich mich an jeden dieser Momente, den wir als Familie und ich als Vater von Darja erlebte. Mit diesem Buch hat Darja es geschafft, mehr als nur eine dramatische Geschichte zu bringen, sie ermöglicht es dem Leser, in jedem Augenblick des Lebens die Treue Gottes zu sehen. Wie oft hat Darja mir gesagt, dass Gott nichts unmöglich ist. Dieses Buch ist ein Schrei der Größe Gottes, seiner Treue und seiner Liebe zu jedem von uns. Jedes Kapitel hat mir erlaubt, durch relevante Fragen eine Selbstwahrnehmung zu machen. Wenn Sie diese Seiten lesen, werden Sie herausfinden, dass dieser Gott des Unmöglichen im Sturm des Lebens gegenwärtig ist, aber auch nachdem der Sturm vorbeigezogen ist.
Björn Lütke
Vater von Darja, Gründungspastor der EPP, Leiter des Crossing Waves Kirchennetzwerks und der internationalen BFP-Bewegung – crossingwaves.net

Wow, sie werden tief in Ihrer Seele und Ihrem Geist berührt werden, so wie ich selbst, wenn Sie dieses Buch von Darja lesen. Sie teilt mit uns ihr Leben, sie lässt uns die Größe Gottes in diesen dramatischen Situationen sehen, und sie fordert uns heraus, in uns selbst zu schauen, damit wir auch eine neue Dimension der Liebe und des göttlichen Eingreifens erleben. Genauso kenne ich meine Tochter. Sobald sie eine Wahrheit von Gott entdeckt hat und an sie glaubt, ist es unmöglich für sie sie nicht mitzuteilen und weiterzugeben. Dieses Buch ist so authentisch, frisch und inspirierend. Als Mutter bin ich so froh, dass Darja nie die Hand Gottes losgelassen hat, dass sie sich immer entschlossen hat zu glauben und zu handeln, und dass sie immer geglaubt hat: «Nichts ist unmöglich für unseren Gott».
Brita Lütke
Darjas Mutter, Mitbegründerin der Kirche EPP, Lebens- und Ernährungsberaterin

INHALTSVERZEICHNIS

Empfehlungen	7
Vorwort	13
Einleitung	17
1. Der erste Tag vom Rest meines Lebens	19
2. Bleib stark!	27
3. Meister deines Schicksals?	37
4. Stopp und hör zu!	47
5. Plötzlicher Kindstod	57
6. Entführungsversuch	65
7. Lebensgefahr … Nochmal!	73
8. Über meine Kräfte hinaus?	83
9. Adieu an den Mann meines Lebens!	93
10. Nichts ist unmöglich für Gott	105
11. Der Sturm zieht vorüber!	113
Danksagungen	119

VORWORT
von Simon Reichör
Ehemann von Darja und Pastor der Kirche EPP

An meine Darja!
Es gibt Menschen, die Träume haben, und es gibt Menschen, die sie verwirklichen. Du gehörst zur zweiten Kategorie. Ich bin so stolz auf dich. Nach vielen Ehejahren und der Zeit des Glücks, aber auch des Leidens hast du nie deinen Traum aufgegeben, Gott kraftvoll handeln zu sehen, deinen Traum, ihn wie den Propheten Elia zu preisen, deinen Traum, dass dein Leben dazu dient, um zu zeigen, dass er lebt. Einmal hast du mir sogar gesagt, dass, wenn ich vor dir sterben müsste, du für meine Auferstehung beten würdest. Dein Traum ist es, Gott in deinem Leben und durch dich handeln zu sehen. Dieses Buch steht in totaler Übereinstimmung mit deinem Wunsch, Gott zu verherrlichen durch das, was er in deinem Leben und in unserem Leben getan hat. Ich bin so stolz auf dich und wenn man mich fragt, ob ich das gleiche Leben mit dir wieder beginnen möchte, wäre ich direkt dabei. Ich liebe dich.

An dich, der dieses Buch lesen wird
Dieses Buch ist keine Lehre von einem perfekten Leben in einer perfekten Welt.
Dieses Buch ist kraftvoll, weil es die Geschichte Gottes mit uns bezeugt.
Dieses Buch zeigt uns die Realität und Komplexität des Lebens auf, die oft wie eine große Kluft ist zwischen dem, was wir glauben, und dem, was wir real erleben.

Dieses Buch spricht davon, wie wichtig es ist, sich trotz aller Umstände immer wieder an Gott zu wenden.
Dieses Buch, das mit Tränen und Dankbarkeit geschrieben ist, wird dein Leben beeinflussen, wenn du es erlaubst.
Dieses Buch ist der Beweis dafür, dass wir mit Jesus trübe Wasser, Feuer oder Sturm durchqueren können, der Beweis dafür, dass wir, auch wenn wir das Wunder nicht immer sofort erleben, selbst ein Wunder werden können.

Ich wünsche dir eine gute Lektüre und dass der Heilige Geist durch diese Seiten zu dir persönlich sprechen kann.

Simon

*Für meine Töchter: Céleste, Rebecca, Camilia und Melissa.
Dieses Buch ist für euch. Wenn es etwas gibt, das ich euch vermitteln möchte, dann ist es
das absolute Vertrauen in Gott, der alles zu jeder Zeit zu tun vermag.
Zweifelt nie an dem, der euch erschaffen und gerettet hat.
Das ist das größte Vermächtnis, das ich euch hinterlassen möchte.
Auf dass in eurem Herzen eingeschrieben ist: „Nichts ist unmöglich für Gott".*

EINLEITUNG

Eines Tages erzählte mir mein Vater, dass er, als ich geboren wurde, auf meiner Stirn die Worte „Nichts ist unmöglich für Gott" eingraviert sah. Er wusste zu diesem Zeitpunkt tief in seinem Inneren, dass mein Leben nicht einfach sein würde und dass ich durch Prüfungen gehen würde. Er erinnerte mich ständig an diesen Satz, seitdem ich klein war. Als müsste ich diese Aussage tief in mein Herz eingravieren, um sie nie zu vergessen und auf sie bauen zu können. Aber ich wusste da noch nicht, wie wichtig das werden würde. Noch nicht.

Ich wurde in eine Familie geboren, in der wir täglich mit Gott lebten. Meine Eltern, Missionare, waren hingegebene Menschen, die die Liebe Gottes an ihr Umfeld weitergaben und sie verschenkten. Sie haben mir von klein auf weitergegeben und gezeigt, wie man ein gottgeweihtes Leben lebt.

Wir alle kennen Prüfungen, wir fürchten sie, wir erleben sie, wir gehen hindurch, und manchmal liegen sie schwer auf uns. Eines ist sicher, sie sind ein Teil unseres Lebens. Sie gehören jedenfalls zu meinem. Wir tragen sie ganz natürlich wie einen Rucksack, der sich nach und nach füllt, Erfahrung nach Erfahrung, Misserfolg nach Misserfolg. Je mehr Zeit vergeht, desto schwerer wird der Rucksack. Er kann uns auf dem Lebensweg bremsen. Was, wenn dieser Rucksack voller Herausforderungen zu einer Krone wird? Eine Krone, die du stolz wie einen Schatz tragen würdest. Der Schatz deiner Prüfungen, die du durchlebst, durchlebt hast und überwunden hast. Dann würdest du nicht mehr Opfer, sondern eine Königin oder ein König sein.

Ich wurde mir dessen bewusst, nachdem ich die bisher größten Prüfungen meines Lebens durchgemacht habe. Ich will hier nicht aufzeigen, wie stark ich bin, sondern einfach nur, wie ich verstanden habe, dass Gott die Kontrolle hat, wenn wir es ihm erlauben.

Ich habe gelernt, dass jeder Sturm vorbeizieht.

Mein Gebet ist, dass meine Geschichte eine Quelle der Hoffnung, der Ermutigung und der Unterstützung in deinem Leben und deinen Stürmen sein möge.

In seiner Intimität ist alles Gnade, in seiner Kraft ist alles Mut, in seiner Liebe ist alles möglich.

Gute Lektüre!

1
Der erste Tag vom Rest meines Lebens

Ich bin neun Jahre alt. Es ist ein Tag wie jeder andere. Ein Schultag wie jeder andere, so wie immer. 16:20 Uhr, die Glocke läutet, endlich! Ich bin auf dem Weg nach Hause. Wie gewöhnlich gehe ich durch die kleinen, verwinkelten Gassen der Altstadt von Marseille, dem „Panier".

Nur zwei Minuten vom Alten Hafen entfernt liegt das älteste Stadtviertel Westeuropas. Heute erlebt man es als einen sehr bunten Ort mit seinen hundertjährigen Mauern, die von Künstlern aus der ganzen Welt verziert sind. Hinter jeder Ecke entdeckt man Pflanzen und Blumen, die in Töpfen oder Kästen gepflanzt sind, die oft sogar aus schwarzen oder himmelblauen Mülltonnen gemacht sind. Wie manche sagen würden: Das ist unser „Montmartre in Marseille". Die Kreuzfahrtschiffe bringen die Touristen zu Hunderten hierher, und die Popularität ist seit dem Erfolg der französischen Fernsehserie „Plus Belle La Vie", deren Dreharbeiten in den alten Gassen des Viertels stattfanden, extrem gestiegen. Das Licht ist magisch. Betrachtet man das leuchtende Grün der Platanen, die bunten Häuserwände, den strahlend blauen Himmel, dazu den Gesang der Möwen, ist das „Panier" ein lebendiges Gemälde für sich. So erlebt man das Stadtviertel heute, aber damals, als 9-Jährige, wirkte das nicht so. Es waren die gleichen Gassen, dieselben hundertjährigen Hauswände; aber eben alt und nicht renoviert. Man nahm eine düstere und kalte Stimmung wahr. Durch die dunklen und kaputten Hausfassaden hatte man den Eindruck, sich in einem Ghetto zu befinden. Die Gegend war den Gangstern ausgeliefert. Wenn ich Treppen benutzte, die in der Nachbarschaft überall zu finden sind, da das „Panier" auf einem Hügel liegt, war es nicht ungewöhnlich, dass ich Drogenabhängigen begegnete, die sich ihre tägliche Dosis Drogen injizierten. Es war ein Arbeiterviertel. Die Großmütter saßen auf Weidenstühlen vor den Türen ihrer Häuser und schimpften mit den Kindern, die spielten und Lärm machten. Ich war auch dabei. Ich war eine von denen, die nach der Schule draußen spielten. Es war normal, im Schlafanzug oder im Bademantel sein noch warmes Brot, Baguette, zu kaufen. Wir haben die Tische auf die Straße gestellt, um gemeinsam mit den Nachbarn zu essen. Was heute einmal im Jahr als „Fete des voisins", unser Nachbarschaftsfest, gefeiert wird, war für uns normal, das war das Leben.

In einer dieser Gassen sehe ich ein paar Leute zusammenstehen. Ich erkenne sie. Es waren Leute, denen ich jeden Tag begegnete. Zu dem Zeitpunkt wusste ich noch nicht, dass sie mir wehtun wollten. Es gab keinen anderen Weg, ich musste an ihnen vorbei. Als sie anfingen mich zu umzingeln, verstand ich, dass das nicht normal war, aber es war zu spät. Ich fand keinen Ausweg mehr, um wegzulaufen. Was am Anfang in ihren Augen nur ein Spiel war, wurde mein Albtraum. Sie boten mir Süßigkeiten an, wenn ich ihnen irgendetwas „Sexuelles" täte. Was waren mir diese verfluchten Bonbons egal! Durch die Angst war ich wie gelähmt und wusste nicht, was ich tun sollte. Dann dachte ich mir, dass sie mich in Ruhe lassen würden, wenn ich diese Bonbons annehmen würde. Zuerst weigerte ich mich, das zu tun, was sie verlangten. Also wurden sie hartnäckiger und sagten mir, wenn ich es nicht täte, würden sie mir „etwas" tun. Ich hatte Angst und fragte mich, wie ich fliehen konnte. Umzingelt und verängstigt, zwangen sie mich. Ich war neun. Ich habe mich so geschämt. Ich hörte sie lachen, sie lachten über mich. Dann hatte ich einen Blackout. Ich kann mich nicht mehr genau erinnern, wie ich ihnen entkommen konnte. Ich sehe mich nur so schnell wie möglich laufen, um nach Hause zu kommen. Tränen flossen mir über die Wangen. Ich konnte nicht aufhören zu weinen. Ich fühlte mich schlecht und ich schämte mich so. Als ich bei meinen Eltern ankam, war ich in Sicherheit. Alles war gut.

Es gab eine goldene Regel in unserer Familie, nämlich Transparenz. Alles zu sagen. Die guten wie die schlechten Sachen zu teilen. Kein Tabuthema.

Der erste Tag vom Rest meines Lebens

Meine Eltern haben uns gelehrt, dass es wichtig ist, die Dinge ins Licht zu bringen, um befreit zu leben. Es war so normal, authentisch und transparent zu leben, dass ich zuhause, selbst wenn ich mich schämte und traurig fühlte, zu meinen Eltern ging, um ihnen zu erzählen, was ich gerade durchgemacht hatte.

Ein Schock für sie. Eine neue Gewaltschwelle war erreicht. Meine Eltern, diese unglaublichen Menschen mit einem riesigen Herzen. Ihr ganzes Leben diente doch dazu, anderen zu helfen und sie zu lieben. Auch die, die unliebsam waren. Sie haben leiden müssen, seit dem Zeitpunkt als sie beschlossen, ihr Leben für eine Sache zu geben, die größer ist als ihre eigene.

Aber in dem Moment, in dem sie erfuhren, was mit mir passiert ist, wurde eine Grenze überschritten. Mein Vater und meine Mutter weinten, sie konnten den Schmerz des Leidens nicht zurückhalten. Sie sagten zu Gott: „Alles! Wir können alles aushalten! Man kann uns ausrauben, Autos verbrennen, aber nicht unsere Kinder anfassen!! Nicht unsere Kinder!". Seit so vielen Jahren sammelte sich Leid an. Wir hatten schon so viel Schlimmes erlebt. Dutzende Einbrüche, Übergriffe, verbrannte Autos und so vieles andere, aber meine Eltern wussten, dass nur Gott mir in dieser dramatischen Situation helfen konnte, sie beteten für mich.

Da schrie ich vor Schmerz und fiel mit meinem ganzen Körper zitternd zu Boden. Ich hatte das Gefühl, in Wolken zu tauchen. Ich lag etwa 20 Minuten auf dem Boden und zitterte. Als ich dort lag, die Augen geschlossen, sah ich mich inmitten einer großen Wiese und jemand hielt meine Hand. Es war Jesus. Ich erinnere mich nicht an sein Gesicht, aber ich sehe immer noch seine Hand in meiner. Ich wusste, dass er es war. Wir begannen im Gras zu gehen und auf dem Weg sah ich eine Reihe von Bildschirmen. Wir hielten vor dem ersten an und ich sah mich darin. Ich bin 16 Jahre alt und auf einer Bibelschule. Auf dem nächsten Bildschirm sah ich meine Begegnung mit einem jungen Mann, der mein Mann werden wird.
Dann sah ich, wie ich mit 18 heirate. Im nächsten sah ich, dass mein Mann und ich das Werk, das meine Eltern in Marseille begonnen haben,

übernehmen. Und so ging es weiter bis zum letzten Bildschirm, bis zum letzten Tag meines Lebens auf der Erde.

Als dieser Spaziergang vorbei war, stellte sich Jesus vor mich, beugte sich zu mir, sah mir in die Augen und fragte mich, ob ich dieses Leben liebe und ob ich es leben wollte. Mit meinen gerade neun Jahren und kurze Zeit nach meinem Missbrauch antwortete ich ihm begeistert, dass es ein Leben war, wie ich es mir erträumte! Abenteuer, Spaß, einen schönen Liebhaber und vor allem ein Leben mit Gott! Jesus schaute mich an und sagte: „Dann weihe mir dein ganzes Leben!"

Ich wachte mit einem großen Lächeln auf und mein Gesicht leuchtete. Das Erste, was ich meinen Eltern sagte, als ich aufstand, war: „Papa, Mama! Mit 16 werde ich zur Bibelschule gehen und wenn ich 18 bin, werde ich heiraten. Und eines Tages werden wir das Werk, das ihr begonnen habt, weiterführen!". Es war so unnormal, dass es nur göttlich sein konnte. Meine Eltern erkannten, dass Gott mich angerührt hatte, es war so ein Unterschied zwischen dem Moment, in dem ich ihnen weinend erzählte, was mit mir geschehen war, und dem Moment, in dem ich mit einem großen Lächeln aufwachte.

Ich fühlte mich frei von dem, was ich gerade erlebt hatte, befreit von diesem Ereignis, das mich zerstören wollte. Ich habe ihnen vergeben. Ich hatte keine Scham mehr, keine Schuldgefühle, keine Angst und keine Wut mehr. Ich erinnere mich nicht an jeden Schritt, den ich gehen werde in meinem Leben, den ich auf diesen Bildschirmen gesehen habe, aber das macht nichts.

In jedem wichtigen Moment meines Lebens fühle ich in meinem Herzen, dass ich auf dem richtigen Weg bin, und Gott bestätigt es mir auf eine sehr schöne Art und Weise, indem er mir manchmal Erinnerungen an das gibt, was ich mit neun gesehen hatte.

Ich bin der lebende Beweis dafür, dass Gott eine dramatische Situation buchstäblich in etwas Außergewöhnliches verwandeln kann. Er begegnete mir in meinem Drama und verwandelte es zu einem Ruf in meine Berufung. Es war für mich der erste Tag vom Rest meines Lebens.

Gott verwandelt das Böse zum Guten

Die erste Geschichte, die ich dir aus meinem Leben erzähle, ist durch das Wirken der Hand Gottes ebenso außergewöhnlich wie das Drama, das ich erlebt habe, als ich noch ein Kind war. Heute, während ich dieses Buch schreibe, habe ich viele Menschen kennengelernt, die sexuell missbraucht wurden oder auch moralisch oder spirituell. Sowohl im Gefängnis als auch in den Kirchen, in der Nachbarschaft oder bei der Arbeit. Tatsächlich gehört Missbrauch zu unserem Leben. Man kann es als Kind oder Erwachsener erleben, als Mann oder Frau, und das in allen Bereichen der Gesellschaft. Ich habe ganz sicher keine Antwort oder ein Mittel, um alle Missstände und Dramen zu überwinden, die mit einer solchen Erfahrung verbunden sind, aber ich weiß dennoch, was Gott in meinem Leben getan hat, und ich bin überzeugt, dass ich kein Einzelfall bin. Ich glaube, Gott in seiner Güte und seiner Gnade möchte uns in den größten Leiden unseres Lebens begegnen, sich darum kümmern und sie in etwas Gutes verwandeln. Da wo wir glauben, dass wir es nicht mehr schaffen können, wo man auf uns rumtrampelt, wo wir uns gedemütigt und entblößt fühlen, will Jesus uns begegnen. Ich bin mir sicher, dass unser Zeugnis eine Kraft hat, und das ist auch der Hauptgrund, warum ich das, was ich erlebt habe, mitteile.

Offenbarung 12, 11:
Unsere Brüder und Schwestern haben ihn besiegt durch das Blut des Lammes und durch ihr standhaftes Bekenntnis.

Als Jesus auf der Erde war, ging er durch alle Leiden. Es gibt auf dieser Welt sicherlich so viele, wie es Menschen gibt. Er versteht, was wir durchmachen. Er weiß, wodurch du gerade gehst. Er kennt all deine Gefühle bis hin zu denen, die tief in dir verborgen sind. Er kennt sogar die Gefühle, die du vielleicht vor deiner Umgebung zu verbergen versuchst, aus Angst vor

Der Sturm zieht vorüber

Verurteilung, verspottet oder nicht ernst genommen zu werden. Und gerade, weil Jesus das alles versteht und kennt, kann er uns in dem, was wir erlebt haben, begegnen. Er will in unser Unglück kommen, um uns davon zu befreien.

Es ist sicher kein Zufall, dass du dieses Buch in deinen Händen hältst. Das betrifft dich vielleicht direkt oder einen deiner Lieben. Mein größter Wunsch ist, dass du ermutigt und gestärkt wirst und dass du erkennst, dass keine Situation zu hoffnungslos für Gott ist. Nichts ist zu beschämend, zu schlimm oder unmöglich. Er kann zu jeder Zeit alles. Und wie er es mit einem neunjährigen Mädchen gemacht hat, kann er dein Leben verändern, dich befreien und dich dazu aufrufen, ihm zu folgen und ein außergewöhnliches Leben zu leben. Ja, ich stütze mich auf das Zeugnis meines Lebens, um die Größe Gottes zu demonstrieren, aber ich stütze mich vor allem auf die Bibel, um die wahre Freiheit zu glauben und zu leben, die ich durch Jesus empfangen habe.

Man hat mir wehgetan und versucht mich zu zerstören und von Gott fern zu halten. Ich weiß nicht, warum ich das durchgemacht habe. Meistens werden wir keine Antwort auf das „Warum" bekommen. Ich konzentriere mich lieber auf das „Wie". Wie kann Gott dramatische Situationen in etwas Wunderbares verändern? Die Realität ist, dass er das Böse zum Guten verändern kann. Das ist die außergewöhnliche Liebe Gottes. Er will, dass wir glücklich sind. Er wünscht sich, dass wir frei sind und dass keine Erfahrung, so hart sie auch sein mag, uns von seiner Liebe trennt.

Römer 8, 38-39:
Ich bin ganz sicher, dass nichts uns von seiner Liebe trennen kann: weder Tod noch Leben, weder Engel noch Dämonen noch andere gottfeindliche Mächte, weder Gegenwärtiges noch Zukünftiges, weder Himmel noch Hölle. Nichts in der ganzen Welt kann uns jemals trennen von der Liebe Gottes, die uns verbürgt ist in Jesus Christus, unserem Herrn.

Er kam und nahm mein ganzes Leiden auf sich und verwandelte es in Freude und Freiheit. Warum macht Gott das? Weil er uns liebt. Er will, dass wir glücklich und frei von unserem Leid leben. Für dich ist auch ein anderes Leben möglich. Seit Generationen gibt es Tausende von Zeugenaussagen von Menschen auf dieser Erde, die diese Freiheit erfahren haben. Wir denken, dass wir in diesem Leben gefangen sind, wir glauben, dass uns niemand verstehen kann, wir vegetieren in unserer eigenen Existenz und warten einfach auf das Ende, ganz zu schweigen davon, dass Gott eingreifen möchte. Lass dich lieben, trösten, heilen, wiederherstellen und befreien von dem, der es tun kann, weil er dich liebt. Gott lehrt uns, dass es ein anderes Leben für uns gibt. Ein freies Leben.

Galater 5, 1:
Christus hat uns befreit; er will, dass wir jetzt auch frei bleiben. Steht also fest und lasst euch nicht wieder ins Sklavenjoch einspannen!

Wir sind dazu berufen, frei zu leben. Aber ich verstehe, dass es sehr schwierig erscheinen mag, sich einen Ausweg aus den Erfahrungen des Missbrauchs vorzustellen, der tief in uns vergraben ist. Wir versuchen damit zu leben, so gut wir nur können. Und deshalb möchte ich auf ein sehr wichtiges Detail in meiner Geschichte eingehen. Ich ging hin und vertraute mich Menschen an, von denen ich wusste, dass sie mich vor Gott bringen würden: meine Eltern. Als ich ihnen erzählte, was mir gerade widerfahren war, vertrauten sie mich direkt Gott an, indem sie für mich beteten, und dort hat er das Wunder vollbracht. Sie konnten nicht viel tun, außer mich zu trösten und mit mir zu weinen, aber Sie kannten den, dem es möglich war, mich zu befreien und das Böse zum Guten zu wenden. Sie haben ihre Hoffnung in diesen guten und mitfühlenden Gott gesetzt. Sie haben das Richtige getan.

Bleibe nicht allein mit deinem Missbrauch. Suche nach einer vertrauenswürdigen Person, die dich zu Gott bringen wird. Und gib ihm die Möglichkeit, dein Leben zu verändern.

Ganz praktisch:

✱ WAS IST DEINE GESCHICHTE?

- Gibt es Erfahrungen, die du vergraben hast und du fühlst, dass Gott sie berühren will, um dich zu befreien?
- Nimm dir Zeit, um sie aufzuschreiben. Es wird dann einfacher sein, es mit einer vertrauenswürdigen Person zu teilen.

✱ WER KÖNNTE DEINE VERTRAUENSPERSON SEIN?

- Ein Nahestehender, ein Freund oder eine Freundin, ein Pastor usw.

✱ VERTRAUE GOTT, DER DICH SO GERN BEFREIT UND DAS BÖSE DEINES LEBENS IN GUTES WANDELT!

2
Bleib stark!

Ich bin im Büro des Schulleiters. Ich sitze zwischen meinen Eltern, bin noch nicht 15 und erkläre dem Direktor, warum ich nächstes Jahr nicht auf die weiterführende Schule will. Ich bin eine gute Schülerin und auf dem besten Weg, meinen „College"- Abschluss zu bestehen. Meine Lehrer sagen mir eine gute Zukunft voraus. Ich bin in der Lage, das Gymnasium zu besuchen und einen guten Abschluss zu machen. Aber das sind nicht meine Pläne. Wie ich im vorhergehenden Kapitel erzählt habe, wusste ich seit meiner außergewöhnlichen Begegnung mit Jesus, dass ich mit 16 Jahren auf eine Bibelschule gehen würde, um mehr über Gott zu lernen. Ich hatte mein Ziel in all den Jahren nicht aus den Augen verloren. Jetzt bin ich endlich beim nächsten Schritt. Ich zähle sogar die verbleibenden Tage zum Beginn der Bibelschule in meinem Tagebuch. Ich habe das Ziel nicht aus den Augen verloren, und jetzt muss ich diesem Schulleiter meine Berufswahl erklären.

Mit starrer Mine versucht er, meine Eltern zu überzeugen, zur Vernunft zu kommen und mich zur Schule zu schicken. Er konnte ja nicht wissen, dass auch sie den Ruf Gottes für mein Leben bejahten. Er weiß zu dem Zeitpunkt noch nicht, dass auch meine Eltern in ihren Herzen die Bestätigung erhalten hatten, dass mein Weg anders sein würde. Mit einem großen Lächeln sagen sie ihm einfach, dass sie mich dabei unterstützen, auf die Bibelschule zu gehen und dass sie, auch wenn es ein atypischer Weg ist, wissen, dass es das Richtige für mich ist. Ich bin sehr stolz auf die Unterstützung meiner Eltern. Ich weiß tief in meinem Herzen, dass ich genau das mache, was ich tun muss. Was für ein erfüllendes Gefühl!

Der Sturm zieht vorüber

In den Monaten nach dem Gespräch mit dem Schuldirektor versucht jeder meiner Lehrer, meine Meinung zu ändern, aber ohne Erfolg. Ich bin fest entschlossen. Meine Freundinnen finden mich tapfer und hartnäckig. Ich bin diejenige, die es wagt, anders zu sein, etwas anderes zu tun. Ich muss sagen, ich habe schon ein bisschen Herzweh, wenn ich mir vorstelle, dass sie alle auf dem Gymnasium zusammen sein werden. Ich werde meine Schulfreunde vermissen, mit denen ich die letzten vier Jahre zusammen war.

Das Ende meiner Schulzeit nähert sich mit hoher Geschwindigkeit und sobald ich meinen Abschluss in der Tasche habe, verlasse ich die Schule, um einen neuen Lebensabschnitt zu beginnen. Nur noch ein Jahr, bevor ich nach Deutschland auf die Bibelschule gehe, die Kinder von Missionaren ab 16 Jahren aufnimmt. Das ist in meinem Fall so. Es ist die Schule, in der meine Eltern für den Dienst ausgebildet wurden, als ich zwei oder drei Jahre alt war.

Ich habe die Wahl, nächstes Jahr zur Schule zu gehen oder zu arbeiten, um Geld für die Bibelschule zu sparen. Ich habe mich für ein Lehrjahr in einer Schreinerei entschieden. Ich möchte ein Handwerk erlernen, wo ich meine Hände einsetzen kann, also lerne ich Tischlerin, ein edles Handwerk der Holzbearbeitung. Schon als Kind habe ich es geliebt, meinem Vater auf der Baustelle unseres Familienhauses zu helfen: reparieren, wieder aufbauen, und so weiter. Ich liebte es, mit meinen Händen zu arbeiten und das Ergebnis am Ende des Tages zu sehen. Mein Vater, ein ausgebildeter Dachdecker, hat mir die Liebe zum Handwerk weitergegeben. Im Laufe der Jahre lernte ich an seiner Seite, Fliesen zu verlegen, Wände zu streichen, Holz zu sägen und vieles mehr. Als ich mich entscheiden muss, in welchem Beruf ich mich ausbilden lasse, wähle ich ziemlich schnell die Tischlerei.

Ich bin sehr zufrieden mit meiner Wahl, und während meine ehemaligen Klassenkameraden sich auf den Schulanfang vorbereiten, suche ich nach einer Firma, die eine junge Auszubildende nur für ein Jahr einstellen will. Ich erkläre immer mein Projekt und warum ich meine Lehre, die normalerweise über drei Jahre geht, nicht beenden werde. Nach einigen Absagen finde ich endlich eine kleine Firma mit zwei Angestellten, die bereit ist, mich für ein Jahr zu nehmen. Ich bin schon ziemlich eingeschüchtert, aber sehr froh, dass ich sie gefunden habe. Es geht los, hinein in einen neuen Lebensabschnitt. Ich verbringe drei Wochen im Monat damit, in einer Firma zu arbeiten und eine Woche bin ich in der Berufsschule. Es sind nur noch ein paar Wochen bis zum Beginn eines komplett neuen Lebens, das total anders ist als das, was ich bis dahin kannte. Am D-Day muss ich einen anderen, neuen Bus nehmen, einen neuen Fahrweg zurücklegen und vor allem viel früher aufstehen. Um 7 Uhr bin ich schon auf dem Weg zur Arbeit, nervös und gespannt, wie mein Leben in den nächsten Monaten aussehen wird. Die ersten Tage vergingen schnell und mein Lebensrhythmus hatte sich wirklich verändert. Ich wurde von einer normalen Schülerin zu einem Schreinerlehrling. Meine Tage hatten nichts mehr mit denen des Vorjahres zu tun. Ich verlasse das Haus vor 7 Uhr morgens, um erst gegen 19 Uhr nach Hause zu kommen. Mit meinen gerade 15 Jahren ist das total ungewohnt. Ich verbringe meine Tage damit, Holzlatten zu schleifen und nach und nach die Namen der verschiedenen Werkzeuge zu erlernen.

Je mehr Tage vergehen, desto mehr lachen mich meine Arbeitskollegen aus. Ich weise die ganze Zeit lang böse Bemerkungen zurück. Die Schreie meines Chefs werden immer bedrohlicher, wenn ich nicht direkt das richtige Material finde, nachdem er mich fragt. Oft ist er wütend und sehr gestresst. Ich hatte gedacht, dass ich einen schönen Beruf erlernen würde, umgeben von wohlwollenden Menschen, die mich in der Lehre begleiten würden, aber die Härte der Arbeitswelt war niederschmetternd. Es war nur eine Illusion. Ich habe das Gefühl, nichts zu lernen, außer Holzstücke zu schleifen. Ich fühle mich sehr einsam, in einer Männerwelt ohne Freundinnen. Ich hatte den Eindruck für nichts von Nutzen zu sein, nur gut für die Drecksarbeit zu sein.

Ein paar Wochen vergehen, und die Situation wird nicht besser. Ich wache oft mitten in der Nacht mit Schmerzen in den Händen auf. Ich tue praktisch nichts mehr als schleifen von morgens bis abends, von Montag bis Freitag. Ich entdecke Muskeln in meinen Händen, von denen ich nicht einmal vermutete, dass sie existieren. Durch lange Arbeitstage und nicht wirklich

Der Sturm zieht vorüber

erholsame Nächte fühlte ich mich immer schlechter. Jeden Morgen habe ich Bauchschmerzen während der ganzen Ein-Stunden-Fahrt zur Arbeit. Ich weine manchmal, wenn ich an den Tag denke, der vor mir liegt. Zum Glück sind da die Wochen in der Schule. Jedes Mal, wenn sich die Gelegenheit bietet, nicht in diese Firma zu gehen, bin ich glücklich. Aber selbst in der Schule ist es kompliziert. Ich bin eines der wenigen Mädchen von 1500 Schülern. Ich fühle mich wie ein UFO unter all diesen Typen.

Zwei Monate vergehen. Meine Kollegen und ich beginnen eine neue Baustelle. Ich komme morgens in diese schöne Wohnung in Marseille und mein Chef sagt mir, dass ich allein eine Fläche von 180 Quadratmetern mit einer winzigen Maschine schleifen muss.

Er sagt mir, dass er andere Dinge zu tun hat, und dass es sowieso meine Lehrlingsarbeit sei. Nach drei Tagen intensiven Schleifens habe ich noch nicht einmal die Hälfte der zu bearbeitenden Fläche hinter mir. Die Bauchschmerzen werden immer intensiver. Während ich in dieser Wolke aus Holzstaub knie, kann ich meine Tränen nicht mehr zurückhalten. Ich habe überall Schmerzen, es reicht. Ich kann nicht mehr! Nach langem Zögern rufe ich weinend meinen Vater an und bitte ihn, mich abzuholen. Dann, mitten in meinem Arbeitstag, allein in dieser großen Wohnung, rufe ich meinen Chef an, um ihm zu sagen, dass ich aufhöre.

Kurze Zeit später ist mein Vater hier und wir fahren zu McDonald's. Ich bin nicht zu trösten. Nachdem er sich all mein Jammern angehört hat, sagt mir mein Vater etwas, das nicht nur den Inhalt meines Jahres verändern wird, sondern vor allem eine der größten Lektionen meines Lebens sein wird: „Darja, wenn du willst, rufe ich heute die Schule an, um dich anzumelden, und morgen kannst du wieder ein normales Leben mit deinen Klassenkameraden führen, ein Leben als Schülerin. Oder du erinnerst dich daran, warum du das tust, was du heute tust, und du hältst es aus, um dein Ziel zu erreichen. Ich weiß, es ist schwer, aber Ausdauer erfordert immer Mühe. Bleib stark! Bleib standhaft! Dein Ziel ist es, dir nächstes Jahr deine Bibelschule bezahlen zu können, indem du einen Beruf erlernst. Ich will dich nur daran erinnern.

Bleib stark!

Aber ich bin der Erste, der dir hilft, egal wie du dich entscheidest. Morgen kannst du zur Schule gehen, wenn du willst, oder wieder arbeiten, natürlich nachdem du deinem Chef gesagt hast, was alles falsch läuft."

Wie liebe ich meinen Vater. Er weiß, wie er mich beruhigen kann, während er mich herausfordert, nicht aufzugeben. Diese Sätze erschüttern mich. Ich sitze vor meinem Big Mac und verstehe plötzlich, wie wichtig es ist, durchzuhalten, standhaft zu bleiben, wenn man ein Ziel erreichen will. Diese wenigen Worte geben mir genug Mut, eine Entscheidung zu treffen, die noch vor einer Stunde unvorstellbar war. In der Zwischenzeit ruft mich mein Chef an: Er gibt mir einen Tag Zeit, um über meine Entscheidung nachzudenken. Am Abend noch rufe ich ihn an, um ihm zu sagen, dass ich am nächsten Tag früh auf der Baustelle sein würde. Ich werde meinem Vater für immer dankbar sein für diese Lehre, die mir mein ganzes Leben lang helfen wird. Ich habe wieder Frieden und bin motiviert, aber diesmal mit meinem Ziel im Hinterkopf.

Auch wenn ich manchmal immer noch Bauchschmerzen habe oder verspottet werde, ist es nicht mehr so schlimm, denn ich weiß, weswegen ich das alles tue, und vor allem weiß ich, dass es ein Ende geben gibt. Jeden Monat lege ich mein verdientes Geld für mein Ziel beiseite. Es ist eines der Jahre, in denen ich Gott am nächsten komme. Ich nehme mir jeden Mittag, wenn ich allein bin, Zeit, um die Bibel zu studieren. Es ist eine privilegierte Zeit, in der ich viel lerne. Meine persönliche Beziehung zu Gott vertieft sich extrem. Trotz der schwierigen Zeit werde ich so viel lernen und das nicht nur in der Tischlerei. Ich habe ein für alle Mal gelernt, wie wichtig es ist, standhaft zu bleiben. Wenn ich manchmal, heute erwachsen, versucht bin, aufzugeben, weil es zu schwierig ist, muss ich mich nur an die gemeinsame Zeit mit meinem Vater bei McDonald's erinnern, und der Mut kommt zurück, um weiterzumachen und durchzuhalten. Wir alle erleben Prüfungen, die uns alles kosten, die uns dazu bringen wollen, alles aufzuhören und aufzugeben. Diese Momente treiben uns bis zum Ende unserer Kraft, lehren uns aber, standhaft zu bleiben, wenn wir es zulassen.

Der Sturm zieht vorüber

Wenn Jesus durchhält

Es gibt ein perfektes Beispiel im Leben Jesu, was die Kraft und den Mut des Ausharrens betrifft. Er stand vor dem Schlimmsten, er stand vor der Angst seines sicheren Todes mit schrecklichem Leiden, aber er hielt stand bis zum Ende. Er hat das höchste Ziel durch sein Ausharren erreicht. Die Aussage Jesu im Garten von Gethsemane ist die, die mich während seines Lebens auf Erden am meisten berührt hat. In seinem persönlichen Kampf, um das Ziel der Rettung der Menschheit nicht aufzugeben, indem er am Kreuz stirbt, und in seinem persönlichen Kampf, um seine eigenen Ängste zu überwinden, gibt er uns ein außergewöhnliches Beispiel, dem wir folgen können. Im Matthäusevangelium ist ein Teil dieser Geschichte zu lesen. Ich habe in diesem Text vier Punkte hervorgehoben, die ich für wesentlich halte, um standhaft zu bleiben.

Matthäus 26, 36-42:
Dann kam Jesus mit seinen Jüngern zu einem Grundstück, das Getsemani hieß. Er sagte zu ihnen: »Setzt euch hier! Ich gehe dort hinüber, um zu beten.« Petrus und die beiden Söhne von Zebedäus nahm er mit. Angst und tiefe Traurigkeit befielen ihn, und er sagte zu ihnen: »Ich bin so bedrückt, ich bin mit meiner Kraft am Ende. Bleibt hier und wacht mit mir!« Dann ging er noch ein paar Schritte weiter, warf sich nieder, das Gesicht zur Erde, und betete: »Mein Vater, wenn es möglich ist, erspare es mir, diesen Kelch trinken zu müssen! Aber es soll geschehen, was du willst, nicht was ich will.«."

1. Sei nicht allein

Gethsemane bedeutet „Ölpresse". Jesus ging an diesen Ort, während der Druck auf seinem Höhepunkt war, er spürte tiefe Traurigkeit und Angst. Wir lesen, dass er Petrus und die beiden Söhne des Zebedäus mitgenommen hatte. Er war nicht allein. Ich glaube nicht, dass es nur ein unbedeutendes Detail in dieser Geschichte ist. Ich glaube, es ist nicht gut, allein zu sein, wenn man mit Ängsten konfrontiert wird. Wir wissen natürlich, dass das Leben manchmal aus „Gethsemanes" besteht. Ich erlebte Momente der Angst und des Drucks in dieser Firma, aber ich war nicht allein damit. Ich habe meinem Vater mein

Herz geöffnet. Jesus selbst hatte Jünger um sich in seinen Momenten der Angst. Vielleicht lebst du auch gerade in einer schweren Zeit, in der du solche Situationen erlebst. Hast du Lust, alles hinzuschmeißen? Schau, was Jesus getan hat. Er hat sich nicht isoliert. Er hätte sagen können: Ich fühle mich nicht gut, ich ziehe mich allein zurück. Also, wen nimmst du mit in deine Drucksituationen? Wer begleitet dich in deiner größten Angst und Traurigkeit? Das ist das erste Mittel, um trotz der Schwierigkeiten durchzuhalten. Nimm Leute mit, die dich nach oben ziehen. Menschen, die deinen Weg, dein Ziel kennen und alles tun werden, um dich zu ermutigen, durchzuhalten. Sei nicht allein in deinen Drucksituationen.

2. Sei ehrlich

Jesus war ehrlich. Er hat nichts vorgespielt. Er gab nicht vor, der starke Mann zu sein, der keine Angst hat. Du kennst diese Menschen, die dir nie sagen werden, dass es ihnen nicht gut geht, und die versuchen, sich mit Worten zu beruhigen, die nicht der Realität entsprechen. Was ich an Jesus liebe, ist, dass er nicht so tun musste, als wäre nichts geschehen. In diesem Garten hatte er so große Angst, dass er Blutstropfen schwitzte. Als er Schmerzen hatte, sagte er es, als er Angst hatte, sagte er es, als er nicht leiden wollte, sagte er es. Wir brauchen keine falsche Bescheidenheit zu haben, und nicht zu sagen, wenn etwas nicht stimmt, wenn sogar Jesus ehrlich war. Du hast das Recht zu sagen, dass es dir nicht gut geht!

3. Suche die Beziehung mit Gott

Im weiteren Verlauf der Geschichte, Matthäus 26, 40-44, kann man Folgendes lesen:
Dann kehrte er zu den Jüngern zurück und sah, dass sie eingeschlafen waren. Da sagte er zu Petrus: »Konntet ihr nicht eine einzige Stunde mit mir wach bleiben? Bleibt wach und betet, damit ihr in der kommenden Prüfung nicht versagt. Der Geist in euch ist willig, aber eure menschliche Natur ist schwach.« Noch einmal ging Jesus weg und betete: »Mein Vater, wenn es nicht anders sein kann und ich diesen Kelch trinken muss, dann geschehe dein Wille!« Als er zurückkam, schliefen sie wieder; die

Augen waren ihnen zugefallen. Zum dritten Mal ging Jesus ein Stück weit weg und betete noch einmal mit den gleichen Worten.

Hier ist die Übersetzung von „Beten": „mit Gott sprechen". Jesus selbst sprach mit seinem Vater. Er sagt es auch seinen Jüngern, und ich denke, es ist genau dasselbe für uns. Mit Gott reden, damit wir nicht in Versuchung geraten. Weißt du, von welcher Versuchung er spricht? Ich denke, es geht darum, nicht der Versuchung zu erliegen, aufzugeben. Jesus war versucht aufzugeben, weil es schwierig war, er hatte Angst. Und was hat er getan, um das zu ändern? Er sprach mit Gott, seinem Vater. Eine Beziehung zu Gott zu haben, mit ihm über unsere Ängste zu sprechen, verhindert, dass wir fallen und den Grund, warum wir auf der Erde sind, aufgeben. Mit Gott zu reden, hilft uns, nicht aufzugeben.

4. Bekenne den Willen Gottes

Zum Schluss können wir lesen, dass Jesus hartnäckig mit seinem Vater war. Er ist dreimal zu ihm gegangen, um ihn zu bitten, diesen „Kelch", dieses Leiden zu entfernen. Es scheint mir wichtig zu erklären und auszusprechen, dass sein Wille geschehen wird, wenn wir von den Ereignissen überwältigt sind und so leiden, dass wir den Sinn von dem, was wir tun, nicht mehr verstehen. Denn es gibt im Leben Momente, in denen es so schwierig ist, dass wir unser Ziel aus den Augen verlieren. Gott verliert nie seinen Plan aus den Augen. Er verliert nie die Versprechen aus den Augen, die er für dich und mich hat. So wie er nicht aus den Augen verloren hat, was das Kreuz in dieser Welt verändern würde! Gott sieht viel weiter als wir. Er sieht schon den Ruhm, er sieht schon die Erfüllung unseres Lebens. Da er von Jesus wusste, dass er auferstehen würde und die Menschheit von Sünde und Tod retten würde, wusste er auch für mich, dass ich nach diesem schwierigen Jahr genug Geld haben werde, um die Bibelschule bezahlen zu können, und dass ich ein schönes Jahr erleben würde, dass ich dort meinem zukünftigen Mann begegnen würde. Gott weiß alles, und er hat uns Verheißungen gegeben. Es liegt an uns, vor ihnen standhaft zu bleiben.

Ganz praktisch:

✱ SEI NICHT ALLEIN.
– Wen könntest du mit in deine Drucksituationen nehmen?

✱ SEI EHRLICH.
– Du hast das Recht, es zu sagen, wenn es dir nicht gut geht. Tu nicht so, als wenn alles ok wäre.

✱ SUCHE DIE BEZIEHUNG ZU GOTT.
– Sag ihm einfach, was dich traurig macht und was dir Angst macht.

✱ RUFE DEN WILLEN GOTTES AUS.
– Erinnere dich an das, was er dir für dein Leben gesagt hat, sowohl für dein Leben als auch das, was in der in der Bibel steht.

3
Meister deines Schicksals?

Ich bin 20 Jahre alt und liege halbbetäubt unter Narkose auf dem Operationstisch. Ab den Hüften spüre ich nichts mehr. Ich bin halbwach und die Ärzte werden einen Notkaiserschnitt machen. Ich habe Angst und ich fühle mich einsam in diesem kalten, sterilen Operationssaal. Ich bereite mich auf mein erstes Baby vor. Mein Leben wird sich für immer verändern, aber so hatte ich es nicht geplant.

Ich war immer die Art von Frau, die es liebt, alles zu organisieren. Ich erinnere mich, dass ich schon als Kind mein ganzes Leben geplant habe. Ich wusste, was ich wollte und was nicht. Ich hatte sogar kleine Hefte, in denen ich alles notiert habe, was ich leben wollte, wie viele Kinder ich bekommen würde, welche Arbeit ich machen würde und so weiter. Mein Leben schien mir so gut geplant zu sein. Ich war sehr stolz auf meine Pläne. Ich weiß noch, wie ich sie meinen Schwestern und meinen Eltern voller Stolz mitgeteilt habe. Ich wusste zu dem Zeitpunkt noch nicht, dass ich eine Reihe von Prüfungen erleben würde, die absolut nichts mit meinen Vorstellungen zu tun haben würden.

Wir waren 19 und 18 Jahre alt, als Simon und ich „Ja" zu einem gemeinsamen Leben sagten, und es dauerte nicht sehr lange, bis wir uns ein Kind wünschten. Als wir einige Zeit später erfuhren, dass ich schwanger war, waren wir sehr glücklich. Ich war so glücklich, ein neues Leben in mir zu tragen, das erste Baby der dritten Generation unserer beiden Familien. Ich hatte sogar begonnen, ein Tagebuch über meine Schwangerschaft zu führen. Ich schrieb auf, wie es mir ging und wie ich all die seltsamen Gefühle erlebte, zum Beispiel die Bewegungen des Babys in meinem Bauch. Ich habe auch die Termine im Krankenhaus und die Ultraschallaufnahmen notiert. Es war ein sehr aufregendes Abenteuer. Wir wussten, dass unser Baby am 3. März 2008 geboren werden sollte.

Weihnachten kommt immer näher, und wir wollen die Weihnachtszeit mit unserer Familie in Österreich verbringen. Meine Schwester Janna ist auch mit uns auf dieser Reise. Wir erleben einen sehr schönen Urlaub. Ich bin in meiner 31. Schwangerschaftswoche und mein Bauch wird immer größer. Ich liebe dieses Gefühl so sehr! Die Leute sind nett zu mir, lächeln mich auf der Straße an. Ich liebe es, schwanger zu sein.

Eines Abends, während wir gemeinsam essen, erzählen uns Simons Onkel und Tante, wie sehr sie bei der Geburt ihres Sohnes gelitten haben. Er war zu früh geboren und wog nur 1028 Gramm. Ich erinnere mich an Christinas Worte: „Darja, ich wünsche es nicht einmal meinem schlimmsten Feind, es ist unbeschreibliches Leid, sein Baby in diesem Zustand zu sehen und von ihm getrennt zu werden." Sie tun mir so leid.
Ich merke, dass sie immer noch traumatisiert sind von dem, was sie durchgemacht haben. Ich streichle meinen Bauch und bin so froh, dass alles so gut für mich läuft, dass es mir und meinem Baby gut geht. Ich kann mir nicht vorstellen, dass ich ein paar Tage später dasselbe erleben werde.

Nach zwei schönen Wochen sind wir auf dem Rückweg nach Marseille. Eine lange Autofahrt erwartet uns. Wir haben viel Spaß miteinander und lachen viel mit Simon und Janna. Als wir in Italien ankommen, stecken wir in einem großen Schneesturm fest. Die Straßen sind zunehmend verschneit und es wird immer schlimmer. Die italienische Polizei versucht, die Situation auf der Autobahn zu regeln. Wir erleben es als Abenteuer, bis zu dem Zeitpunkt als ich diesen großen Druck auf meiner Blase spüre. Gut, dass wir in einem Tunnel festsitzen. Eine Lösung ist in Sicht. Aber nichts bewegt sich, und mein Druck auf der Blase steigt. Meine Schwester und ich sehen ein Wohnmobil. So ein Ding muss auf jeden Fall eine Toilette haben. Ich hoffe es zumindest. Und außerdem bin ich ja schwanger, ich

Meister deines Schicksals?

werde ihnen bestimmt leidtun. Davon bin ich überzeugt, bis der Besitzer mich mit einem großen Lächeln anschaut und „Nein" sagt. So hocke ich nun zwischen zwei Autos und erleichtere meine Blase mitten im Schneesturm in einem Tunnel in Italien, im 7. Monat schwanger. Wie gut, dass meine Schwester mich mit ihrer Jacke ein wenig verdeckt. Über diese Situation lachen wir bis heute noch. Nach dieser Reise sollte ich für lange Zeit nicht mehr lachen. Der nächste Tag war viel weniger lustig.

Am Montag, dem 7. Januar, kommen wir nach einer 16-stündigen Autofahrt endlich wieder in Marseille an, nachdem wir in diesem Schneesturm blockiert waren. Wir sind müde, aber froh, wieder zu Hause zu sein.

Am Dienstag, dem 8. Januar, haben wir all diese Schwangerschaftsuntersuchungen im Krankenhaus. Simon ist bei mir, ich bin bereit für meinen dritten Ultraschall. Wir freuen uns, dass wir das Gesicht unseres Babys auf dem Bildschirm sehen werden.
Gleich danach haben wir geplant, eine Freundin zu besuchen, die gerade entbunden hat.

Aber während des Ultraschalls sieht der Arzt unzufrieden aus. Mit einem besorgten Blick sagt er uns, dass es ein Problem gibt, dass das Baby viel kleiner ist, als es sein sollte. Sofort schickt er mich zu einer Hebamme, vorbei an anderen Wartenden.
So liege ich hier in einem kleinen Raum des St. Josephs Hospitals mit einem Bauch-Monitoring. Das ist Teil der normalen Untersuchung, aber es geht vor allem darum zu überprüfen, was man auf der Ultraschalluntersuchung entdeckt hatte.

Eine Hebamme kommt und stellt fest, dass das Monitoring nicht funktioniert, es zeichnet die Herzschläge des Babys nicht auf. Sie kommt mit einer anderen Maschine zurück. Das zweite Monitoring wird eingerichtet und so warten wir auf den Herzschlag. Seltsam, diese Maschine hier funktioniert auch nicht. Der Arzt, der parallel weitere Untersuchungen gemacht hatte, betritt den kleinen Raum und sagt uns, dass ich zur Beobachtung im

Krankenhaus bleiben muss. Es ist etwa 14:30 Uhr und ich mache mir keine weiteren Sorgen. Ich bin ganz ruhig und rufe meine Familie an, um sie zu informieren, dass ich im Krankenhaus bleiben werde, damit ich mich ausruhen kann.

Aber während ich mich in meinem Zimmer installiere, kommen die Ärzte, um mir zu sagen, dass sie einen Wachstumsstopp des Babys seit 3 Wochen festgestellt haben. Sie wollen mich behalten, um die Entwicklung zu beobachten, und vielleicht in ein paar Tagen einen Kaiserschnitt machen. Ich verstehe nicht, was mit mir passiert, und ich fange wirklich an, Angst zu haben. Eine Hebamme kommt, um mit mir ein drittes Monitoring zu machen. Sie findet immer noch keine Herzschläge des Babys, wieder funktioniert die Maschine nicht. Aber dieses Mal habe ich das schlechte Gefühl, dass es nicht die Maschine ist, die versagt. Die Hebamme, deren Blick jetzt sehr ernst wurde, sagte zu mir: „Ich komme zurück". Simon und ich sehen uns an und die beginnen uns Sorgen zu machen. Ein paar Minuten später betreten fünf Leute in weißen Kitteln das Zimmer und sagen uns, dass wir nicht länger warten können, das Baby muss jetzt sofort geholt werden.

Es ist 17 Uhr, der Herzschlag des Babys ist nicht zu finden und ich bin am Beginn einer Präklampsie. Die Hebamme schaut mir mit trauriger Miene in die Augen und sagt, dass es möglich ist, dass das Kind diese Geburt in diesem Notfall nicht überleben könnte. Die Luft wird immer enger, so dass ich kaum mehr atmen kann. Ich kann meine Tränen nicht mehr zurückhalten. Ich lasse sie fließen. Ich habe keine Kontrolle mehr. Während ich mich für die bevorstehende Operation unter der Dusche desinfiziere, denke ich, dass ich das nie geplant hatte. Mein Baby sollte am 3. März geboren werden, und von diesem Datum sind wir noch weit entfernt. Es ist viel zu früh. Es ist erst der 8. Januar. Ich werde heute Mutter. Eine Vielzahl von Fragen durchdringen meine Gedanken. Wird mein Baby überleben? Tut ein Kaiserschnitt weh? Schaffe ich das? Kann Simon mitkommen und bei mir bleiben? Ich hoffe so sehr, dass er mich in den Operationssaal begleiten kann, denn allein der Gedanke, in diesem

Meister deines Schicksals?

Moment allein zu sein, versteinert mich vor Angst. Sogar das Zimmer des Babys ist noch nicht mal fertig ... Ich bin völlig verwirrt.

Ich habe meine Familie informiert, da es doch das erste Baby ist, das von allen erwartet wird. Mein kleiner Bruder und mein Vater kommen schnell ins Krankenhaus und ich kann sie noch sehen, bevor es in den OP geht. Der Moment ist gekommen. Geduscht und desinfiziert, sitze ich in einem Rollstuhl, bereit, mit einem Notkaiserschnitt zu entbinden. Die Anwesenheit meines Vaters, meines Bruders und meines Mannes hat mich für einige Augenblicke beruhigt. Aber während ich weggebracht werde, kommt die Angst vor dem Unbekannten allmählich wieder zurück. Auf dem Weg zum Operationssaal schaue ich zurück und sehe meine Familie in der Ferne. Jetzt bin ich allein mit meinem Schicksal, angesichts der Leiden, die mich auf diesem Operationstisch erwarten, aber vor allem allein, um unser allererstes Baby zu bekommen, das, wie ich von ganzem Herzen hoffe, überleben wird.

Selbst während ich diese extreme Einsamkeit empfinde, weiß ich, dass ich nicht ganz allein bin. Wenn es einen Tag in meinem Leben gibt, an dem ich erleben durfte, dass Gott nicht von unseren Gefühlen abhängig ist, dann ist es dieser. Ich bin so dankbar, tief in meinem Herzen zu wissen, dass Gott mich nie allein lassen wird. Trotz allem was ich fühle, klammere ich mich an dieses Versprechen: Gott lässt uns nicht im Stich. Ich glaube, ich habe noch nie so stark in meinem Herzen gebetet.
Im Stillen bitte ich ihn um seine Hilfe. Ich flehe ihn an, mein Baby zu retten.

Ich bekomme eine große Spritze in den Rücken, die meinen gesamten Unterkörper lähmt. Somit kann ich die Geburt mit vollem Bewusstsein erleben. Ich höre alles, bekomme alles mit, was um mich herum passiert. Ich erinnere mich, dass der Chirurg seine Lieblings-Playlist aufgelegt hatte. Bei der Geburt meines ersten Kindes hörte ich im Hintergrund Jazz. In diesem Chaos ist das eine schöne Erinnerung. Während sie beginnen, bin ich völlig verängstigt. Ich schreie zu Gott, ohne den Mund aufzumachen, während sie mir den Bauch öffnen. Ich bete in meinem Herzen: Gott, ich lege mein Leben und das meines Kindes in deine Hände. Es geht alles sehr schnell. Der schwierigste Moment ist, als ich das Gefühl habe, dass mir mein Baby buchstäblich aus den Eingeweiden gerissen wird. Während ich immer noch schockiert bin von dem, was ich gerade gefühlt habe, stellt mir das Pflegeteam mein Baby vor. Es lebt! Ich erinnere mich an den ersten Schrei, es war so befreiend, Leben zu hören.

Sie zeigen mir mein Baby, es ist ein Mädchen. Obwohl ich sie nur einige Augenblicke hinter dem blauen kalten OP-Vorhang sehen kann, bin ich dankbar, dass sie am Leben ist. Sie ist so schön und so zerbrechlich. Noch nie in meinem Leben habe ich so ein kleines Baby gesehen. Es ist ein bisschen so als ob sie noch nicht fertig wäre, was ja auch der Fall ist, aber sie ist das Schönste, was ich auf dieser Erde habe.

Wir werden gefragt, welchen Namen wir ihr geben möchten. Für uns ist sie ein Geschenk des Himmels, und wir sind uns einig, sie „Céleste Hope" (himmlische Hoffnung) zu nennen. Ich kann ihr einen Begrüßungskuss geben, dann bringen sie sie auf die Intensivstation für Frühchen. Während sie meinen Kaiserschnitt nähen, wartet meine 1040 Gramm schwere Tochter Céleste mit Simon. Sie wiegt kaum mehr als ein Kilo Mehl.

Nach sieben Tagen Krankenhausaufenthalt und Erholung vom Kaiserschnitt, darf ich nach Hause, aber ohne meine Tochter. Es ist ein richtiger Schmerz, mein Baby dort zu lassen. Céleste ist noch viel zu klein und zerbrechlich, um außerhalb des Krankenhauses zu überleben. Sie kämpft wie eine Kriegerin, um in diesem Brutkasten zu überleben, der wochenlang ihr kleines Zuhause sein wird. Unser Leben besteht aus dem Hin- und Zurückfahren ins Krankenhaus, jeden Tag, für mehrere Wochen.

Endlich kommt der Tag, den ich als zweite Geburt bezeichnen würde. Es ist ein absolutes Glück, Céleste mit nach Hause nehmen zu können, um unser Leben zu dritt zu beginnen

Wenn Jesus in meinem Boot ist

Bin ich Meister meines Schicksals?

Es erschien mir so normal, mein Leben zu planen. Ich wusste, was ich wollte, und ich tat immer alles, um meine Ziele zu erreichen. Aber was tun, wenn dich das Leben mit unvorhergesehenen Ereignissen überrascht? Was tun, wenn ein Tsunami kommt? Was tun, wenn der Sturm auf dich zukommt und du keine Ahnung hast, wie du ihm begegnen kannst? Alle meine Pläne wurden in wenigen Minuten zerstört.

Nichts passierte so, wie ich es wollte. Es ist so einfach, wenn alles gut läuft und alles so passiert, wie wir es uns vorgestellt haben, aber wenn man mitten auf dem Weg gestoppt wird, wenn etwas Unerwartetes passiert und uns lahmlegt, wie reagiert man dann? Ich mag es immer noch, zu planen und zu arbeiten, um meine Ziele zu erreichen, und ich finde es sogar wichtig, aber dieses Ereignis, die unerwartete Geburt meiner Tochter, hat mich gelehrt, dass ich nicht alles in meiner Hand halte. Ich bin nicht Herr meines Schicksals. Ich bin Herr meiner Entscheidungen, was ich mit dem tue und wie ich mit dem umgehe, was mir passiert.

Es gibt diese Geschichte in der Bibel, in der die Jünger im Sturm sind. Ich finde, das ist wie ein Echo bezogen auf all die Momente, in denen man verloren ist. Ich liebe es, zu sehen, wie Jesus uns die Lösung bringt.

Markus 4, 35-40:
Am Abend jenes Tages sagte Jesus zu seinen Jüngern: »Kommt, wir fahren zum anderen Ufer hinüber!« Die Jünger verabschiedeten die Leute; dann stiegen sie ins Boot, in dem Jesus noch saß, und fuhren los. Auch andere Boote fuhren mit. Da kam ein schwerer Sturm auf, sodass die Wellen ins Boot schlugen. Das Boot füllte sich schon mit Wasser, Jesus aber lag hinten im Boot auf dem Sitzkissen und schlief. Die Jünger weckten ihn und riefen: »Lehrer, kümmert es dich nicht, dass wir untergehen?« Jesus stand auf, sprach ein Machtwort zu dem Sturm und befahl dem tobenden See: »Schweig! Sei still!« Da legte sich der Wind und es

Der Sturm zieht vorüber

wurde ganz still. »Warum habt ihr solche Angst?«, fragte Jesus. »Habt ihr denn immer noch kein Vertrauen?«

Wir sind in unserem Boot, das unser Leben darstellt. Unser Ziel ist die andere Seite des Ufers. Wir sind auf dem Weg zu unserem Ziel. Und auf dieser Fahrt kann ein Sturm aufkommen. Der Wind weht, die Wellen kommen auf, der Donner donnert. Dieser Sturm war für mich die Angst, mein erstes Baby zu verlieren. Diese Angst, bei einer Notoperation allein zu sein. Mein Sturm war das Nichtverstehen, das Unverständnis, was mit mir geschah. Ich hatte Angst zu verlieren.

Was sind die Wellen, was ist der Wind in deinem Leben? Vielleicht Einsamkeit, Depression, Krankheit, finanzielle Probleme, Verlust des Arbeitsplatzes, Scheidung, Betrug oder eine Frühgeburt. Eines ist sicher: Stürme kommen. Also, was tun, wenn sie da sind?

Wenn man sich die Geschichte der Jünger genauer anschaut, sieht man, dass sie sich an die Anwesenheit Jesu in ihrem Boot erinnert haben. Sie weckten ihn auf, weil er schlief. Sie flehten Jesus an, sie vor dem Sturm zu retten. Es war ihre letzte Hoffnung. Als Jesus sie hörte, stand er auf und nahm die Dinge in die Hand. Er befahl dem Sturm, aufzuhören und beruhigte die Jünger. Dann fragte er sie, warum sie solche Angst hätten und wo ihr Glaube wäre. Das erscheint so klar und einfach, wenn man diese Geschichte liest, und doch findet man sich so oft in Lebenssituationen wieder, in denen man Angst vor der Zukunft hat und zweifelt. Wir vergessen, dass Jesus seit dem Tag, an dem wir ihn eingeladen haben, in unserem Boot ist. Diese Momente, in denen wir etwas erleben, was wir nicht geplant hatten und das uns völlig durcheinanderbringt, lassen uns verstehen, dass er die Kontrolle hat. Es liegt an uns, uns daran zu erinnern, dass er in unserem Leben ist, und ihn anzurufen. Er sorgt dafür, die Wellen und den Wind zu beruhigen. Unser Leben liegt in seinen Händen. Er ist der Herr unseres Schicksals, und wir können die Entscheidung treffen, ihm unsere unvorhergesehenen Ereignisse zu geben. Ich denke, einige Stürme in unserem Leben bringen uns dazu, unsere Beziehung zu Jesus aufzuwecken und ihm die Kontrolle zu überlassen.

Der Sturm der Frühgeburt, den wir durchgemacht haben, war schwierig und lang, aber er half uns, keine Angst mehr zu haben. Simon und ich haben konkret gelernt, loszulassen und uns ganz auf Jesus zu verlassen. Wir wussten noch nicht, dass diese Lehre uns helfen würde, die sechs vor uns liegenden Jahre der Stürme zu bewältigen, die uns immer mehr lehrten, die Kontrolle über unser Leben loszulassen.

Ganz praktisch:

* IN WELCHEM STURM BEFINDEST DU DICH?
* VERGISS NICHT, DASS JESUS IN DEINEM BOOT IST.
* ERWECKE DEINE BEZIEHUNG ZU IHM UND LASS IHN HANDELN!

4
Stopp und hör zu!

Kurz nachdem Céleste aus dem Krankenhaus kommt, erfahren wir, dass ich mit unserem zweiten Kind schwanger bin. Eine schöne Überraschung, die schneller kam, als wir dachten. Die Schwangerschaft fängt gut an, trotz der harten Nächte der ersten Monate unseres Babys, da es noch nicht durchschläft. Ich werde vom medizinischen Team des Krankenhauses begleitet, da mein Kaiserschnitt noch nicht lange her ist. Nach einem solchen Eingriff raten die Ärzte zu einer Pause von mindestens 15 Monaten zwischen zwei Schwangerschaften.

Ich bin im dritten Monat schwanger, als wir die schlechte Nachricht hören: Risikoschwangerschaft. Ich habe das gleiche Problem wie bei meiner ersten Tochter: Der Austausch zwischen dem Baby im Mutterleib und mir ist nicht gut, und deshalb besteht die reale Gefahr, es zu verlieren. Ein medizinisches Team überwacht meinen Zustand sehr genau. Wir fangen gerade erst an, uns mit unserem ersten Frühchen zurechtzufinden und schon wieder ist unser Leben durcheinander. Céleste ist außer Gefahr, aber sie ist trotzdem sehr klein und zerbrechlich. Es ist wirklich nicht einfach, und jeden Tag lernen wir etwas Neues dazu.

Wir sind sehr glücklich über die Nachricht eines zweiten Kindes, aber wir ahnen noch nicht, was diese Risikoschwangerschaft für eine Veränderung für unseren Alltag bedeutet, bis die Gynäkologin es uns erklärt. Von heute bis zum Ende der Schwangerschaft muss ich die meiste Zeit auf der linken Seite liegen, damit die Versorgung zwischen dem Baby und mir optimal verläuft und so eine neue Frühgeburt vermieden werden kann. Ich darf nur 15 Minuten am Tag für die Dusche und die Toilette aufstehen.

Für mich, die ständig in Bewegung ist, ist das eine ziemlich schwer zu ertragende Nachricht. Wie können wir das mit einem nur wenige Monate altem Baby hinbekommen? Céleste ist erst fünf Monate alt und kam erst nach zwei Monaten Krankenhausaufenthalt nach Hause. Wir müssen unser ganzes Leben neu organisieren, das sich bereits komplett verändert hatte, seitdem wir Eltern geworden sind. Um ehrlich zu sein, fühle ich mich wie vor einem riesigen Berg, bei der Vorstellung, fast 24 Stunden am Tag liegen zu müssen.

Wir müssen diese Lebensumstellung von einem Tag auf den anderen ohne Vorbereitung bewältigen. Simon muss seine Arbeitsweise anpassen, um sich um unsere Tochter Céleste kümmern zu können, denn ich bin dazu nicht mehr in der Lage. Er ist in der Pastorenausbildung, und arbeitet bereits vollzeitlich in der Kirche.
Also beschließt er, Céleste überall mitzunehmen, ins Büro, zu den Musikproben, zu den Pastoralbesuchen und zu allen möglichen Meetings. Natürlich ist es eine echte Herausforderung für ihn, er ist gerade Vater geworden und seine Geduld wurde auf eine harte Probe gestellt. Trotz alldem kann ich beobachten, was für ein wunderbarer Papa er für unsere Tochter ist. Völlig hingebungsvoll und liebevoll gibt er das Beste von sich selbst, Tag für Tag. Obwohl ich traurig bin, dass ich in den ersten Monaten nicht mit meiner Tochter zusammen sein kann, weiß ich, dass sie bei Simon in guten Händen ist. Neben all dem kümmert er sich auch noch um mich. Er kocht jeden Tag, putzt und bringt mich sogar zum Lachen.

In diesem Zeitabschnitt meines Lebens hat sich Simon als außergewöhnlicher Mann erwiesen. Ich bin so dankbar, dass ich ihn an meiner Seite habe und so viel mit ihm durchgemacht habe. Es ist ein echter Liebesbeweis von ihm und das stärkt unsere Ehe enorm.

Und doch ist es schrecklich für mich, dass ich mich nicht um meine Tochter kümmern kann. Ich fühle mich wie eine unwürdige, unverantwortliche Mutter, obwohl ich weiß, dass ich nichts dafür kann. Ich weine oft, weil ich mich

Stopp und hör zu!

schuldig fühle, dass ich mich nicht um sie kümmern kann. Ich fühle mich getröstet in dem Wissen, dass sie bei ihrem Papa ist und dass er sich um sie kümmert. Ich versuche mein Leben von unserem Sofa oder meinem Bett aus zu organisieren, mit einem Standard-Tagesplan. Es hilft mir ein bisschen, aber es ist immer noch sehr schwer zu sehen, wie das Leben weitergeht. Die Leute Spaß haben und vor allem, wie meine Tochter aufwächst und dabei das Gefühl zu haben, nicht daran teilhaben zu können. Ich habe das Gefühl, alles zu verpassen und nur ein Teil der Kulisse zu sein.

Meine Hebamme kommt dreimal die Woche, um mich zu untersuchen und zu überprüfen, ob alles in Ordnung ist. Sie kann direkt analysieren, ob ich mich an die Regeln gehalten habe oder ob ich manchmal mehr als erlaubt aufgestanden bin. Sie musste mich immer wieder zurückpfeifen und mir sagen, dass sie mich ins Krankenhaus bringen würde, wenn ich nicht vorsichtiger wäre. Der Gedanke, von meiner Familie getrennt zu sein, hat mir geholfen, ruhig zu liegen. Diese Warnungen haben mich überzeugt, die Anweisungen zu befolgen und liegen zu bleiben. Die sechs Monate vergehen sehr langsam und nicht ohne Schmerzen. Aber dank all unserer Bemühungen komme ich zum Ende der Schwangerschaft und dem Baby geht es sehr gut in meinem Bauch. Ich werde ein gesundes Kind zur Welt bringen können, es kommt nicht zu früh.

Da meine erste Kaiserschnittgeburt, die erst vor 11 Monaten war, noch nicht gut verheilt war, sagt man mir, dass eine natürliche Entbindung nicht möglich sei. So wird also ein weiterer Kaiserschnitt geplant. Mein zweites Kind wird ein Weihnachtskind sein. Das Datum ist der 24. Dezember. Ein ganz anderes Weihnachtsfest steht uns also bevor. Mit meiner großen Familie bereiten wir die Dinge gut vor und feiern schließlich am 22. Dezember unser Weihnachtsfest zusammen mit dem traditionellen Truthahn meiner Mutter, gefüllt mit Maronen und Pflaumen. Sogar meine Schwiegereltern, Michaela und Josef, kommen zu diesem Anlass aus Österreich.

Hier an dieser Stelle möchte ich zum Ausdruck bringen, wie lieb ich sie habe und wie sehr sie ein Segen in unserem Leben sind. Bei jeder Prüfung und bei jeder Entmutigung waren sie da, um uns so zu unterstützen, wie sie nur konnten. Sie hatten keine Angst, Tausende von Autokilometern zu fahren, zu jeder Zeit im Jahr, um uns zu ermutigen. Ich bin ihnen sehr dankbar und weiß, dass ich keine besseren Schwiegereltern haben könnte.

Ich bin bereit, zum zweiten Mal Mutter zu werden. Ich weiß ungefähr, was mich mit diesem neuen Kaiserschnitt erwartet, und ich weiß auch, dass es keine Notsituation ist und dass mein Baby gesund ist. Am D-Day liege ich im Operationssaal, der Katheter im Arm, im blauen Kittel, als der Arzt auf mich zukommt und mir sagt, dass ich heute nicht operiert werde, weil er warten will, ob das Baby auf natürlichem Weg geboren werden kann. Im ersten Moment denke ich, dass das ein Witz ist. Ich habe mich so gut auf diesen Tag vorbereitet und weiß ja überhaupt nicht, wie eine normale Geburt verläuft. Ehrlich gesagt bin ich hin und hergerissen zwischen der Freude, eine normale Geburt erleben zu können und der Angst, nicht zu wissen, wie ich mich während der normalen Geburt verhalten soll. Ich bin überrumpelt, aber das ist okay. Wir freuen uns, unser Baby bald willkommen heißen zu können. Man entfernt den Katheter, dann kann ich mich wieder anziehen und nach Hause gehen.

Es ist der 24. Dezember, meine ganze Familie sitzt im Wartezimmer des Krankenhauses. Als sie mich ohne das Baby herauskommen sehen, verstehen sie es nicht sofort. Am Ende lachen wir gemeinsam und es stellt sich schnell die Frage, was wir am Abend des eigentlichen Weihnachtsfestes machen sollen, da wir bereits am 22. gefeiert hatten. Der Truthahn war schon gegessen und die Geschenke verteilt. Wir sind etwas überrascht, aber beschließen, diesen Abend zu einem unvergesslichen Moment zu machen. Ich weiß nicht mehr, wer von meiner Familie diese verrückte Idee hatte, aber da sind wir nun und haben 50 Hamburger bei McDonald's bestellt. Wir erleben eines der lustigsten Weihnachtsfeste, das wir je zu Hause bei meinen Eltern hatten, mit der ganzen großen Familie.

Zwei Tage später, am 26. Dezember, wird unsere zweite Tochter Rebecca auf natürlichem Wege und ohne Komplikationen geboren. Wir sind die

Stopp und hör zu!

glücklichsten Eltern der Welt. Die Geschichte über die Geburt ist so untypisch, dass ich sie erzählen musste. Bis heute lachen wir als Familie darüber, wenn wir daran denken. Wir denken immer wieder an das Gesicht der Person am McDonald's-Schalter bei der Bestellung von unseren 50 Hamburgern am Abend des 24. Dezembers. Natürlich haben wir sie alle gegessen. Wir sind eine große Familie. Diese Episode meines Lebens hat mich sehr zum Nachdenken gebracht. Mir hat es etwas bewusst gemacht, ich hatte eine tiefe Erkenntnis, denn ich erlebte, wie nützlich es sein kann, zur Ruhe zu kommen und sich nicht aufzuregen, um irgendetwas zu tun. Wie wichtig es ist, sich Zeit zu nehmen, zu analysieren, warum man tut, was man tut, und sich Ruhezeiten zu nehmen. In meiner Situation hatte ich keine Wahl, es war eine erzwungene Ruhe, aber letztendlich nehme ich es als eine Lektion des Lebens. Indem ich meine Tage, die ich bettlägerig war auch plante, konzentrierte ich mich auf das Wesentliche. Ich hatte analysiert, was mir wirklich wichtig war oder was ich verändern musste, soweit es möglich war. Diese Zeit erlaubte mir, mehr die Bibel zu lesen und Gebetszeiten zu nehmen. Ich habe auch wieder mit dem Schreiben angefangen. Das sind Dinge, die ich immer gerne gemacht habe, aber beiseitegelegt habe, da ich es nicht als Priorität empfunden hatte. Ich habe sie also in meinen Tagesplan integriert, und tue das bis heute. Ich habe verstanden, dass es notwendig ist, sich Zeit in diesem schnelllebigen Leben zu nehmen; Zeit, um zur Ruhe zu kommen und um zu lernen, wie man zuhört. Sich selbst zu hören, auf seine Lieben zu hören, auf seine Freunde zu hören, aber vor allem, auf Gott zu hören. Wenn man nicht mehr so aktiv ist und nicht mehr in dem „Tun" ist, sondern zeitweise zuhören lernt, dann macht man die Dinge anders, nicht mehr so wie gewohnt.

Die Pause mit Gott

In meinem Leben als Christ und in meinem Dienst für Gott war ich oft sehr aktiv, habe eifrig gearbeitet, ohne mir die Zeit zu nehmen, mich hinzusetzen und zu hören, was Gott wirklich wollte. Aber manchmal ist eine Pause, auch wenn sie kurz ist, wirklich heilsbringend und nützlich, wenn man sich die Zeit nimmt, um auf Gott zu hören. Das können ein paar Minuten in deinem Tag oder ein paar Stunden in deiner Woche sein, ich rede nicht unbedingt von Pausen von mehreren Monaten oder Jahren. Ich weiß, dass es aus einer guten Absicht kommt zu „tun", so viel wie möglich zu arbeiten, um sein Ziel zu erreichen. Aber wenn wir tun und machen, ohne auf Gott zu hören, werden wir mehr Zeit verlieren, als wir uns vorstellen können. Ich bin immer noch der Typ, der motiviert ist, sich in Aktion zu setzen. Wenn ich ein Ziel im Sinn habe, tue ich alles, um es zu erreichen. Das fing schon als Kind an, als ich im Supermarkt Schokolade wollte, aber meine Mutter nein zu mir sagte. Es musste heftig gewesen sein, da meine Eltern mir noch immer davon erzählen. Ich hatte einen starken Willen. Wie auch immer, die Aktion, das Handeln, ist für mich entscheidend, um seine Ziele zu erreichen, es sei denn, dass man keine Verbindung zum Motor hat. Dann kommt man nicht weiter. Das funktioniert einfach nicht. Also lasst uns zu demjenigen die Verbindung suchen, der unsere Schritte und unsere Handlungen lenkt.

Zwei Worte klingen in meinem Herzen: Stopp! Und hör zu!

Hör auf, hyperaktiv zu sein, hör auf, alles Mögliche zu tun, unter dem Vorwand, dass es wichtig sein könnte. Es gab diesen speziellen Freitagmorgen des Fastens und des Gebets mit dem Team und den Pastoren der EPP (Protestantische Kirche „Le Panier"). Wir waren den ganzen Morgen in einem Seminarraum der Kirche versammelt und nahmen uns Zeit für das Gebet. Wir wurden still und hörten. Als wir alle in diesem Raum waren und die Gebetsthemen an der Tafel notiert wurden, gingen mir tausend Gedanken durch den Kopf. Ich dachte, es wäre Zeitverschwendung, und ich dachte darüber nach, was ich tun könnte, um mit meiner To-do-Liste weiterzukommen. Doch Gott berührte mich mitten im Herzen, indem er mich an die Geschichte von Petrus erinnerte, die in den Evangelien zu finden ist. Ich liebe Petrus, weil er mir so normal erscheint. Er macht Fehler, erkennt sie, tut Buße und geht weiter mit Jesus. Ich mag es, sein Leben zu beobachten und aus seinen Fehlern zu lernen. Das erinnert mich an meine Schwester Janna, die mir einmal sagte, dass sie froh sei, meine kleine Schwester zu sein, weil sie all meine Dummheiten beobachten konnte, um sie nicht selbst auch zu machen. Ich schmunzelte, denn mir wurde bewusst, dass ich Petrus aus dem gleichen Grund liebe.

Stopp und hör zu!

Betrachten wir zwei Situationen, in denen man die Haltung vom hyperaktiven Petrus sieht und die Reaktion Jesu darauf. In der ersten ruft Jesus Petrus und verkündet ihm, dass er leiden wird.

Matthäus 16, 18-23:
Darum sage ich dir: Du bist Petrus; und auf diesem Felsen werde ich meine Gemeinde bauen! Nicht einmal die Macht des Todes wird sie vernichten können. Ich werde dir die Schlüssel zu Gottes neuer Welt geben. Was du hier auf der Erde für verbindlich erklären wirst, das wird auch vor Gott verbindlich sein; und was du hier für nicht verbindlich erklären wirst, das wird auch vor Gott nicht verbindlich sein.« Dann schärfte Jesus den Jüngern ein: »Sagt niemand, dass ich der versprochene Retter bin! «Von da an begann Jesus seinen Jüngern zu eröffnen, was Gott mit ihm vorhatte: dass er nach Jerusalem gehen musste, dass er dort von den Ratsältesten, den führenden Priestern und den Gesetzeslehrern vieles erleiden musste, dass er getötet werden und am dritten Tag auferweckt werden musste. Da nahm Petrus ihn beiseite, fuhr ihn an und sagte: »Das möge Gott verhüten, Herr; nie darf dir so etwas zustoßen!« Aber Jesus wandte sich von ihm ab und sagte: »Geh weg! Hinter mich, an deinen Platz, du Satan! Du willst mich von meinem Weg abbringen! Deine Gedanken stammen nicht von Gott, sie sind typisch menschlich.«

In der zweiten kann man die Reaktion von Petrus auf die Verhaftung von Jesus lesen.

Johannes 18, 7-11:
Jesus fragte sie noch einmal: »Wen sucht ihr?« »Jesus von Nazaret!«, antworteten sie. »Ich habe euch gesagt, ich bin es«, sagte Jesus. »Wenn ihr also mich sucht, dann lasst diese hier gehen.« So bestätigte sich, was Jesus früher gesagt hatte: »Von denen, die du mir gegeben hast, Vater, habe ich keinen verloren.« Simon Petrus hatte ein Schwert. Er zog es, holte gegen den Bevollmächtigten des Obersten Priesters aus und schlug ihm das rechte Ohr ab. Der Bevollmächtigte hieß Malchus. Jesus sagte zu Petrus: »Steck dein Schwert weg! Diesen Kelch hat mein Vater für mich bestimmt. Muss ich ihn dann nicht trinken?«
Zwei ähnliche Situationen, in denen man einen aufgeregten Petrus sieht.

Der Sturm zieht vorüber

In dieser Geschichte geht es um den Tod und die Auferstehung unseres Retters Jesus Christus. Und in beiden Situationen wollte Petrus durch seinen Aktivismus den Heilsplans Gottes verhindern. Er handelte sicherlich, ohne zu verstehen, was auf dem Spiel stand und ohne jemandem schaden zu wollen, aber er tat es trotzdem, er, der seit drei Jahren alles aufgegeben hatte, um Jesus zu folgen; er, mit dem Jesus seine Kirche bauen wollte. Zweimal hat Petrus gehandelt, um Gottes Plan zu vereiteln. Und was sagt Jesus zu ihm? „Weiche von mir Satan, du denkst nicht wie Gott, du denkst wie die Menschen!" „Leg dein Schwert weg. Den Kelch des Leidens, den mir der Vater gegeben hat, werde ich ihn nicht trinken?" In der ersten Situation sagt Jesus zu Petrus, dass er nicht versteht, was der Gedanke Gottes und was sein Plan für die Menschheit sei, sondern dass er wie ein Mensch denkt, der der menschlichen Logik folgt, seinen eigenen Gedanken. In der zweiten Situation fragt Jesus Petrus, ob er wirklich denkt, dass Jesus nicht diesen Leidenskelch trinken sollte. Er fragt ihn, ob er wirklich glaube, dass Jesus nicht sterben müsse, sich für die Menschheit opfern müsse.

Wisst ihr, wer nicht wollte, dass Jesus ans Kreuz geht? Satan. Wisst ihr, wer nicht will, dass wir wachsen, erfüllt und glücklich sind? Ich lasse euch die Antwort erraten. Wie wäre es, wenn wir lernen, zu ruhen, innezuhalten und auf Gott zu hören? Ich weiß nicht, was passiert wäre, wenn Petrus von Anfang an vorbildlich gewesen wäre, aber eines ist sicher: Wir können heute aus seinen Fehlern lernen. Wäre das nicht passiert, wenn Petrus sich die Zeit genommen hätte, innezuhalten und auf Gott zu hören? Vielleicht, oder wahrscheinlich sogar! Hätte er sich die Zeit genommen, diesen großen Heilsplan zu verstehen, der sich durch den ultimativen Opfertod Jesu ausdrückt, hätte er dies sicherlich nicht verhindert. Genauso ist das auch für uns. Manchmal sind wir unruhig wie Petrus und vergessen den wirklichen Grund, warum wir tun, was wir tun. Ich träume von der Ausbreitung des Reiches Gottes. Aber was nützt mir mein Traum, wenn ich mir nicht die Zeit nehme, zur Ruhe zu kommen und seinem Plan zuzuhören? Schlimmer als das, wenn ich es nicht tue, wird es unserem Feind nützen. Denn das ist, was passiert, wenn wir Gottes Willen nicht tun. Hätte Jesus auf Petrus gehört, wäre er nie ans Kreuz gegangen und das Heil würde nicht existieren. Lasst

Stopp und hör zu!

uns aufhören irgendetwas zu tun, nur um des Tuns willen. Lasst uns tun, was Gott uns sagt. Woher weiß ich, was er will? Indem ich mir Zeit für ihn nehme. Lass uns zur Ruhe kommen und unsere Ohren öffnen, um zu hören, wie Gott uns benutzen will und was sein Plan für unser Leben ist. Wie ist deine heutige Situation? Denkst du wie Gott oder wie die Menschen? Hast du verstanden, was er wirklich will, was er für dich plant? Vielleicht ist es an der Zeit, die Entscheidung zu treffen, dass du aufhörst, aufgeregt irgendetwas zu tun. Gott ist echt! Er will nur eines: So nah an uns allen dran sein, dass wir seinen perfekten Plan verstehen und ihn nach seinen Wünschen in die Tat umsetzen können!

Ich habe an diesem Freitagmorgen gelernt, nicht mehr hyperaktiv zu sein, zur Ruhe zu kommen und mir die Zeit zu nehmen, um zuzuhören. Das ist auch die Lektion, die ich in meiner gezwungenen sechsmonatigen Liegezeit in der Schwangerschaft mit Rebecca gelernt habe. Das Außergewöhnlichste an all dem ist, dass Gott wirklich mit mir gesprochen hat und mir sein Herz in vielen Bereichen meines Lebens mit mir geteilt hat. Wie soll ich also wissen, was Gott von mir will?
Nimm dir Zeit für ihn und hör ihm zu!

Ganz praktisch:

✱ **WARUM TUST DU, WAS DU TUST?**
- Gezielte Aktionen oder hyperaktives Handeln?

✱ **WEISST DU, WAS GOTT VON DIR ERWARTE-?**
- Träume, ein Plan etc.

✱ **WANN HAST DU DAS NÄCHSTE MAL GEPLANT, ZU FASTEN UND/ODER ZU BETEN?**

5
Plötzlicher Kindstod

Simon ist gerade für zwei Wochen in Deutschland, an einer theologischen Hochschule, wo er zum Pastor ausgebildet wird. Ich bin allein zu Hause in Marseille mit meinen zwei Babys, Céleste, 16 Monate und Rebecca, fünf Monate alt. Ja, meine ersten beiden Töchter sind nur 11 Monate auseinander. Beide wurden 2008 geboren, Céleste im Januar und Rebecca im Dezember. Ich bin schon ein bisschen stolz, dass ich das geschafft habe.

Es ist nicht das erste Mal, dass Simon in Ausbildung ist. Bis dahin lief alles immer mehr oder weniger gut. Es passierte des Öfteren, dass ich zusammenbrach und weinte, weil es einfach schwer war, allein mit zwei Babys zu sein. Nachts nicht schlafen zu können, ein Fläschchen nach dem nächsten für die eine und dann für die andere zu machen. Trösten, aufräumen, essen machen und dann wieder von vorne. Ich habe übrigens großen Respekt vor allen alleinerziehenden Müttern. Obwohl mir bewusst ist, dass diese zwei Wochen nicht einfach sein werden, weiß ich zu diesem Zeitpunkt noch nicht, dass ich mit dem Tod meiner fünf Monate alten Tochter konfrontiert werden würde.

Es ist ein neuer Tag. Alles läuft gut und ich habe es sogar geschafft, die Kleinen für ein Nickerchen hinzulegen. Céleste liegt in ihrem Zimmer in ihrem Gitterbett und Rebecca liegt in ihrer Babyliege neben mir. Ich nutze diese kurze Pause, um ein wenig ins Internet zu gehen. Diese Ruhe tut so gut. Wenn es ständig Lärm um einen gibt, wird Stille zu einem Schatz.

Aber irgendwann erscheint mir das zu lang. Ich muss sagen, dass ich auf einmal ziemlich stolz war, Babys zu haben, die so gut schliefen. Während

Der Sturm zieht vorüber

ich den Kopf drehe, um meine Tochter Rebecca stolz zu bewundern und zu überprüfen, wie sie friedlich schläft, sehe ich den Horror. Sie ist ganz blau, erstarrt und total steif. Ihr Kopf ist leicht zurück geneigt und ihre großen braunen Augen sind offen und starren ins Leere. Sie bewegt sich nicht mehr. Eine Sekunde verstreicht und ich bin total erstarrt. Ich fühle mich von Kopf bis Fuß gelähmt. Ich bin von Panik überwältigt. Ich nehme sie instinktiv mit beiden Händen und lege sie auf den Bauch flach auf meinen Schoß. Ich klopfe auf ihren Rücken, überprüfe, schaue mich um und hoffe, jemanden oder etwas zu finden, das sie retten könnte. Ich kann nichts finden. Ich schaue in ihren Mund, um zu sehen, ob sie ihre Zunge nicht verschluckt hat. Nein, sie ist da. Ich weiß nicht, was ich tun soll. Ich bin völlig verzweifelt. Ich muss nachdenken, was ich tun kann. Ich fühle mich so einsam angesichts des Grauens, das ich sehe. Rebeccas Hautfarbe verändert sich schnell ins Violette. Ich bin noch mehr in Panik. Immer noch unter Schock, denke ich, die einzige Lösung ist, die Rettung zu rufen. Aber in der Panik finde ich mein Handy nicht mehr, obwohl es doch vor meinen Augen auf dem Couchtisch im Wohnzimmer war. Aus Verzweiflung laufe ich raus. Unsere kleine Wohnung befindet sich in einem alten Gebäude in Marseille, nur wenige Schritte vom Alten Hafen entfernt. In diesem Gebäude, über das wir uns oft beschweren, weil die Trennwände so dünn sind, sodass wir absolut alles hören, was unser lieber Nachbar tut. Und zum Glück, denn heute, in diesem Moment, brauche ich es, dass jeder mich hört. Als ich in den Flur lief, schreie ich so laut wie möglich mit meinem fünf Monate alten Baby in den Armen, das sich nicht bewegt und dessen Haut seit endlosen Sekunden oder Minuten violett ist. Ich schreie mit aller Kraft: „Helft mir! – HILFE!".

Augenblicklich öffnen sich die Türen der Nachbarn. Sie kommen auf mich zugelaufen. Ich habe das Gefühl, dass gerade heute alle Mitbewohner zuhause sind, obwohl es doch morgens und mitten unter der Woche ist. Normalerweise sind sie alle bei der Arbeit. Aber seltsamerweise und zu meiner großen Erleichterung sind heute viele da.

Ein Dutzend Leute versammeln sich um mich und Rebecca. Einige

Plötzlicher Kindstod

rufen den Notarzt an, während andere sich um Céleste kümmern, die nun inmitten des Chaos aufgewacht ist. Ich sehe alles verschwommen, ich bin verloren und völlig versteinert, bei der Vorstellung, dass ich mein Kind verliere. Unter Schock. Ich weiß nichts mehr, außer dass ich mein Handy nicht mehr finde. Ich ziehe mein Baby an mein Herz, klopfe auf den Rücken, ich denke, es geht vorbei.

Aber ich liege falsch. Meine Nachbarin bittet mich dann mit sanfter Stimme, ihr mein Baby zu geben, bis die Rettung und die Sanitäter, die unterwegs sind, ankommen. Ich vertraue ihr. Sie erklärte mir später, dass sie nicht wollte, dass Rebecca in meinen Armen stirbt, dass es das Schrecklichste ist, was man erleben kann. Sie nimmt mein Baby in ihre Arme und beruhigt mich ein wenig. Ich rufe meine Mutter an, die nicht weit von unserer Wohnung entfernt wohnt, weil ich ihre Unterstützung brauche. Simon ist hunderte Kilometer von uns entfernt und ich brauche ein vertrautes Gesicht, um kämpfen zu können.

Sie sind da, die Rettung, die Sanitäter und der Notarzt. Die ganze Straße vor unserem Haus ist blockiert, um meinem Baby zu helfen, das gerade dabei ist zu sterben. Es ist beeindruckend, aber in diesem Moment ist es mir gar nicht bewusst. Ich bin nur mit meiner Tochter beschäftigt. Alle sind hier, um mir zu helfen und mich abzulösen. Ich weiß nicht mehr, wie viele Leute in meinem Wohnzimmer waren, aber es waren einige, die um Rebecca herumstanden. Die Ärzte nehmen sie und legen sie vorsichtig auf die Couch. Sie beginnen, sie zu reanimieren. Ich kann nicht beschreiben, was sie genau getan haben, aber plötzlich atmet Rebecca wieder auf, ihre Augen blinzeln wieder. Ihr Blick wird wieder lebendig, auch wenn er noch ein wenig verloren wirkt. Ich beobachte die Szene direkt neben ihnen und habe das Gefühl, dass ich vor Erleichterung zusammenbrechen werde.

Rebecca ist in den Händen der Ärzte, als meine Mutter kommt. Ich bin so glücklich, als ich sie sehe, und wir weinen und nehmen uns in die Arme. Ich weiß noch, wie sehr sie mich beruhigen und trösten konnte. Sie begleitet mich im Notarztwagen. Ich will nicht, dass sie mich loslässt. Sie ist mein

Der Sturm zieht vorüber

Fels und meine Sicherheit. In diesem Moment fühle ich mich, als sei ich wieder ein kleines Mädchen. Währenddessen wurde Céleste anderen Familienangehörigen anvertraut, die alle gekommen sind, um zu helfen. Wir sind auf dem Weg zum Krankenhaus und die Sirenen ertönen in den Straßen, durch die wir fahren. Es ist also doch nicht nur mein Gefühl: Die Situation ist wirklich ernst. Die Ärzte sagen mir, dass Rebecca nicht aus dem Schneider ist, obwohl sie wieder atmet. Wir müssen dringend in die Neurologie des Krankenhauses in Marseille. Bei der Ankunft wird Rebecca sehr schnell betreut. Die Ärzte sind mir gegenüber ziemlich zurückhaltend, was ich nicht direkt verstehe. Ich sehe, dass sie mit meiner Mutter reden. Später erklärte sie mir, dass die Ärzte dachten, dass Rebecca eine tödliche Meningitis hätte und dass sie höchstens nur noch drei Tage zu leben hätte.

Die Zeit vergeht, und Rebecca ist noch da, sie lebt. Sie hat viele verschiedene Kabel auf dem ganzen Kopf. Nach drei Tagen und zahlreichen neurologischen Untersuchungen erklären mir die Ärzte, dass mein Baby einen plötzlichen Kindstod überlebt hat. Sie können es nicht erklären. Es ist keine akute Meningitis, sondern plötzlicher Kindstod. Mein Baby ist aber nicht tot. Wenn ich Rebecca in ihr Zimmer gelegt hätte oder sie nicht genau in exakt diesem Moment gesehen hätte, wäre sie heute nicht mehr auf dieser Welt. Die Ärzte sagen, was das Leben meiner Tochter gerettet hat, ist, dass ich sie in genau dieser Sekunde gesehen habe. Sie erklärten mir, dass bei plötzlichem Kindstod 98 Prozent der Säuglinge sterben, 1 Prozent mit irreversiblen Folgeschäden und 1 Prozent ohne Folgeschäden überleben. Rebecca gehört offenbar zu dem einen Prozent der Überlebenden ohne Folgeschäden.

Ich war sehr betroffen von diesem Ereignis. Ich war so dankbar, dass meine Tochter Rebecca nicht dem plötzlichen Kindstod erlag und sie wieder in meinen Armen war. Aber gleichzeitig hatte ich solche Angst, sie wieder zu verlieren. Ein Gefühl, das ich bereits seit der Geburt von Céleste kannte. Ich hatte Angst, sie wieder allein zu lassen, oder sie nicht im richtigen Moment zu sehen und sie schließlich sterben zu lassen.
Ich brauchte eine Weile, bis ich nicht mehr ängstlich wurde, wenn ich sie

nicht direkt vor meinen Augen hatte. Ich konnte nicht verstehen, warum sie überlebte und andere nicht. Warum hat Gott gerade sie gerettet und warum holt er andere zu sich?
Wie auch immer, ich habe nicht die Antworten auf alle meine Fragen, aber ich weiß eines: Es war nicht ihre Zeit. Ich begann zu begreifen, dass jede neue Prüfung mir beigebracht hat, ein wenig mehr loszulassen und die Kontrolle über mein Leben abzugeben.

Gott sieht weiter und höher

Wieder einmal hatte ich die Kontrolle verloren. Ich werde mich mein ganzes Leben lang an diesen Moment der Panik erinnern, als ich das blaue Gesicht meiner Tochter sah. Soweit ich mich erinnern kann, war das der Moment, in dem ich am meisten in Panik geraten bin. Ich war buchstäblich gelähmt und hatte alle Orientierung verloren.
Ich hatte keine Kontrolle mehr über nichts. Das Einzige, was ich instinktiv in diesem Moment geschafft habe, war zu schreien und um Hilfe zu bitten. In dem Moment war es mir egal, wen ich darum bat. Ich wollte nur, dass irgendjemand mir hilft, meine Tochter zu retten. Und heute weiß ich, dass Gott meine Nachbarn dazu benutzt hat, es zu tun. Mein Überlebensinstinkt alarmierte die Nachbarn, sie konnten den Notarzt rufen, der Rebecca wiederbelebt und gerettet hat. Gott hatte einen Plan, er hatte die Kontrolle über die Situation, auch wenn ich meinerseits nichts verstand.

Wir sehen einen Teil des Puzzles unseres Lebens; Gott sieht das ganze Bild. Er weiß, warum wir das erleben, was wir erleben, selbst wenn wir noch nichts verstehen. Er weiß schon, was das mit dem Rest des Bildes zu tun hat. Er weiß, wie es danach aussieht, wobei er das Heute auch versteht. Das heißt nicht, dass er unser Leiden ignoriert oder dass ihm unsere Probleme egal sind, aber er hat eine höhere Sicht als wir. Er sah Abraham, Vater von einer großen Menge, als er noch keine Kinder hatte. Er sah die Taube mit diesem Olivenzweig mitten in der Sintflut. Und er sah, wie David den Stein an die Stirn Goliaths geworfen hatte, als David noch die Schafe weidete. Er sah, wie das Volk der Hebräer in das verheißene Land einzog,

Der Sturm zieht vorüber

während zehn der zwölf Spione Angst vor den Riesen hatten. Er sah die Herrlichkeit, die nach dem Tod Jesu am Kreuz kommen sollte, während Adam und Eva in die verbotene Frucht bissen. Er sah ein süßes, liebliches und sanftes Mädchen, welches Gott liebte, während Rebecca mit blauem Gesicht nicht mehr atmete. Und schließlich sah er mich als junge Mutter, die die Kontrolle über ihr Leben losließ, um sie ihm, Gott, vollständig zu geben, während ich in dem Zustand des totalen Schocks und der Panik die Kontrolle über alles verlor.

So ist Gott, er sieht weiter und höher als wir.

Jesaja 55, 8-9:
»Meine Gedanken – sagt der Herr – sind nicht zu messen an euren Gedanken und meine Möglichkeiten nicht an euren Möglichkeiten. So hoch der Himmel über der Erde ist, so weit reichen meine Gedanken hinaus über alles, was ihr euch ausdenkt, und so weit übertreffen meine Möglichkeiten alles, was ihr für möglich haltet.«

Manchmal verstehen wir nicht, was mit uns passiert, und das ist normal, weil wir nicht das ganze Bild sehen. Vielleicht werden wir das eines Tages, oder vielleicht auch nicht. Aber hier ist etwas, das du tun kannst: dein Vertrauen in den setzen, der den Überblick hat. Zu glauben, dass er unser Leben in seinen Händen hat und dass er einen perfekten Plan für jeden von uns hat. In den Momenten, in denen wir nichts mehr verstehen, in den Momenten, in denen wir leiden, wo wir vielleicht einen geliebten Menschen verlieren, in denen wir mit einer Krankheit konfrontiert sind, ist es ein Trost zu wissen, dass derjenige, in den wir unser ganzes Vertrauen gesetzt haben, die Kontrolle über unser Leben übernommen hat. Die Umstände werden das nicht ändern. Ich habe in diesen Zeiten der Schwierigkeiten gelernt, mich auf Gottes Verheißungen zu stützen.

Römer 8, 28:
Was auch geschieht, das eine wissen wir: Für die, die Gott lieben, muss alles zu ihrem Heil dienen. Es sind die Menschen, die er nach seinem freien Entschluss berufen hat.

Plötzlicher Kindstod

Ich weiß heute, dass alles zu meinem Wohl dient, und dass, was immer ich in meinem Leben noch erleben werde, egal, welche Prüfungen ich noch durchmachen werde, Gott alles unter Kontrolle hat. Um ehrlich zu sein, bedeutet das nicht, dass ich nicht doch manchmal zu Gott schreie, da ich nicht verstehe, warum ich durch diese oder jene schwierige Situation gehen muss. Und so wie ich „Hilfe" rief, als ich mein lebloses Baby in meinen Armen hielt, schreie ich zu Gott, wenn es mir nicht gut geht. Er kommt mir zu Hilfe, er kommt, um mich zu retten, mich zu beruhigen und mich daran zu erinnern, dass er die Kontrolle hat.

Wir können die Umstände nicht ändern. Ich weiß nicht, was du durchlebst oder was du in deinem Leben durchgemacht hast, aber heute kannst du dich entscheiden, dein Vertrauen in Gott zu setzen, in den, der den Überblick über dein Leben hat. Gott sieht höher uns weiter als wir.

Ganz praktisch:

* WELCHE SITUATION HAT DICH IN PANIK GEBRACHT ODER HAT DICH VÖLLIG DIE KONTROLLE VERLIEREN LASSEN?

* WEN HAT GOTT DIR AUF DEINEN WEG GESTELLT, UM DIR ZU HELFEN?

* NIMM DIR ZEIT, UM IHM ZU SAGEN, DASS DU IHM VERTRAUST, DENN ER SIEHT DAS GANZE BILD DEINES LEBENS.

6
Entführungsversuch

Es ist heiß. Es ist Sommer in Marseille. Nachmittags spazieren nur die Touristen durch die Straßen, um die Stadt zu entdecken. Es ist völlig unverständlich für einen Südländer, mitten im Juli unter der bleiernen Sonne herumzulaufen. Wir bleiben zu Hause, hinter den Fensterläden, um jedem Sonnenstrahl zu entgehen. Wir versuchen zu arbeiten, und wenn es möglich ist, auch ein Nickerchen zu machen. Das Leben fängt wieder an, wenn die Sonne sinkt, weniger Wirkung hat und ein kleiner Wind aufkommt.

Es ist 21 Uhr, die Einwohner aus Marseille sind wieder draußen unterwegs. Ein Aperitif mit Freunden, ein Restaurantbesuch auf einer Terrasse oder ein schöner Spaziergang am Alten Hafen. Dieser füllt sich nach und nach mit Händlern, die alles Mögliche verkaufen. Das reicht von einem guten orientalischen Tee bis zu kleinen Plastikspielzeugen aus China. Ganz zu schweigen von den verschiedenen Darbietungen auf der Straße, wie die berühmten brasilianischen Tänze oder der kleinen alten Dame, die alte Hits aus den 50ern singt. Es ist der Ort schlechthin, um sich für einen abendlichen Spaziergang zu treffen. Mit unserer Kirche EPP (Protestantische Kirche „Le Panier") wollten wir die Einwohner immer dort treffen, wo sie sind, um ihnen Zeugnis zu geben von einem Leben voller Hoffnung und bedingungsloser Liebe. Seit vielen Jahren veranstalten wir abends im Sommer den Summer' O am Alten Hafen, eine Evangelisierungskampagne, um unseren Glauben zu teilen.

Ich erinnere mich sogar noch an diese Abende, als ich klein, noch ein Kind war. Meine Geschwister und ich, die auf dem mit Fischresten versehrten

Boden des morgendlichen Fischmarktes sitzen (ich erspare euch die Details des Geruchs), schauen uns die verschiedenen Animationen an: sich immer wiederholende Tänze, Sketche und Zeugnisse. Wir sprachen mit völlig Fremden auf der Straße darüber, was Jesus in unserem Leben getan hat. Für mich war es normal, jedes Jahr mehrere Wochen unseres Sommers damit zu verbringen, Dutzende junger Menschen aus ganz Europa aufzunehmen und willkommen zu heißen, damit sie diese Momente mit uns erleben. Heute sind wir Teil der Sommerlandschaft des Alten Hafens von Marseille.

Vor ein paar Jahren habe ich eine Situation erlebt, die mein Leben für immer prägte. Ich bin mit meinem Mann und meinen vier Kindern an diesem berühmten Alten Hafen. Wir sind mitten im Summer O'. Meine Töchter sind glücklich, sie werden von jungen Mädchen aus unserer Kirche geschminkt. Es gibt einen Schmink- und Luftballon-Stand. Man sieht viele fröhliche Leute, es ist Sommer, es sind Ferien und das sieht man. Wir sind einfach nur froh, dass wir wieder einmal unsere Freude und Hoffnung teilen können. Ich bin auf der Treppe von unserem Evangelisationsbus „Café on Tour", der uns begleitet, wenn wir mit der Kirche in Aktion sind. Es ist ein großer Bus, wie man sie in unseren öffentlichen Verkehrsnetzen sieht, mit dem Unterschied, dass er komplett verändert und in ein ambulantes Café verwandelt wurde. Ich beobachte die Szene, die sich vor mir abspielt. Es ist friedlich und die frische Abendluft ist angenehm. Ich beobachte meine Kinder, die auf dem Gehweg direkt vor dem Bus spielen. Ich beobachte unsere dritte Tochter Camilia.

Als Rebecca gerade erst ein Jahr alt war, erfuhren wir die gute Nachricht von der Schwangerschaft unserer dritten Tochter. Mit ihr konnten wir durchatmen nach all den schwierigen Jahren. Die Schwangerschaft lief perfekt, ganz zu schweigen von der Geburt, die in einer Stunde und 30 Minuten geregelt war.

Sie ist unser wunderschöner Sonnenschein, der immer alle zum Lachen bringt. Sie kommt immer mit allem durch, dank ihrem süßen Blick und ihren großen blauen Augen. An diesem Abend ist sie noch sehr klein, sie

Entführungsversuch

ist 2-3 Jahre alt. Während ich sie anschaue, sehe ich plötzlich, dass sich ihr ein gestresstes Pärchen nähert. Die Frau ist sehr korpulent und der Mann groß und imposant. Ich werde nie ihre finsteren Gesichter vergessen. Ich erinnere mich noch, dass ich zu mir selbst sprach, dass sie wirklich unglücklich aussahen. Als sie sich Camilia näherten, hatte ich ein schlechtes Gefühl, das sich schnell bestätigte. In kürzester Zeit greift die Frau meiner Tochter an den Unterarm, während der Mann sich umsieht, um sicher zu gehen, dass niemand sie sieht und fangen an immer schneller zu gehen. Mit einem festen Schritt, um meine Tochter zu entführen.

All das in nur ein paar Sekunden. Ich bin auf der Bus-Treppe und sehe die ganze Szene. In diesem Moment fühlte ich mich wie in einem schlechten Film. Ich bekomme Gänsehaut am gesamten Körper. Ich höre eine Stimme in mir sagen: „Wenn du jetzt nicht läufst, um sie zurückzubekommen, wirst du sie nie wieder sehen!" Normalerweise bin ich wie gelähmt, wenn ich in Panik gerate. Und jetzt in diesem Moment bin ich absolut in Panik. Ich habe Angst, dass ich nicht schreien kann und mich nicht bewegen kann. Aber ohne zu wissen, woher ich diese Energie habe, fange ich mit all meiner Kraft an zu laufen. Ich sehe nichts mehr um mich herum, außer dieses Paar mit meiner Tochter. Alles ist verschwommen, außer sie. Sie sind mein Ziel. Zum Glück sind sie noch nicht weit und ich kann sie schnell einholen. Ich greife mit solcher Gewalt den Unterarm meiner Tochter, dass ich glaube, dass ich ihr wehgetan habe. Das ist egal. Ich will nur, dass sie bei mir ist.

Ich habe es geschafft, meine Camilia ist bei mir und meine Hand wird sie nicht mehr loslassen. Ich bin immer noch schockiert, als mir diese Frau praktisch ins Gesicht flucht: „Sie haben ein schönes Kind, wissen Sie, es gibt momentan eine Menge Entführungen". Ich öffne den Mund, um ihr zu antworten, aber kein Ton kommt raus. Ich bin immer noch gelähmt von dem, was gerade vor meinen Augen passiert ist.
Das Paar verschwindet schnell, ohne dass ich die Zeit oder die Kraft habe, Hilfe zu holen, um sie anzuzeigen. Im Moment ist es mir nur wichtig, mein Kind in den Armen zu halten. Ich brauche ein paar Minuten, um mit anderen um mich herum darüber reden zu können. Ich hole meine

Der Sturm zieht vorüber

vier Töchter schnell, um in den Bus „Café on Tour" zu gehen. Ich werde lange brauchen, um das zu verarbeiten, was ich gerade erlebt habe. In der nächsten Nacht kann ich die Augen nicht schließen, ich denke jede Sekunde darüber nach, was hätte passieren können, wenn ich nicht schnell genug gerannt wäre, um Camilia zurückzubekommen.

Es reicht nur eine Sekunde ...

Ich habe durch dieses Ereignis etwas Wesentliches gelernt: die Stimme des Heiligen Geistes inmitten des Chaos zu erkennen. In nur einer Sekunde wurde meine Tochter fast entführt, aber es dauerte auch nur eine Sekunde, bis der Heilige Geist mir sagte, was ich tun sollte. Mein Leben hätte für immer in ein Drama verwandelt werden können. In einer Sekunde schnappte sich die Frau den Unterarm meiner Tochter, um sie mitzunehmen. Eine Sekunde, um das Schicksal einer Familie, eines Kindes zu ändern. In unserem Leben vernachlässigen wir zu oft, was in einer Sekunde passiert. Weil das Leben schnelllebig ist, und die eine Sekunde an Bedeutung verloren hat.

Vielleicht hast du das schon mal durchgemacht. Vielleicht ist dein Leben in einem einzigen Augenblick durch den Verlust eines geliebten Menschen oder durch ein Ereignis, das dich bis heute prägt, erschüttert worden. Die verschiedenen Prüfungen meines Lebens haben mich dazu gebracht, über die Bedeutung jeder Sekunde nachzudenken. Sie wird wichtig, wenn sie mit einem Drama verbunden ist. Aber wäre sie nicht auch für die anderen Momente so wichtig? Als ich an das dachte, was ich gerade am Alten Hafen in Marseille erlebt hatte, erinnerte ich mich an die Stimme, die ich in der Sekunde gehört habe, als meine Tochter entführt wurde. Diese Stimme schrie in mir: „Wenn du jetzt nicht läufst, um sie zurückzubekommen, wirst du sie nie wieder sehen!" Ich wusste genau in diesem Moment, dass Gott mit mir sprach. Gott spricht zu uns. Er spricht sogar in einer einzigen Sekunde. Und so oft ignorieren wir es, weil wir denken, dass es unser eigenes Gewissen ist. Diese Stimme, die ich gehört hatte, war die Stimme des Heiligen Geistes.
Ich glaube nicht an einen stummen Gott, der irgendwo in der Weite des

Himmels verloren ist, aber ich glaube an einen Gott, der seinen Sohn für uns gegeben hat, damit unsere Beziehung wieder hergestellt wird und wir wieder mit ihm verbunden sein können. Ich glaube, Jesus hat uns ein Versprechen gemacht, bevor er in den Himmel zu seinem Vater zurückkehrte, nämlich das Kommen eines Begleiters, eines Trösters, der täglich bei uns sein würde, um uns den Weg zu zeigen. Ich glaube, dass der Heilige Geist diese Rolle in unserem Leben spielen will, aber oft ignorieren wir ihn oder nehmen ihn nicht ernst genug. Um eine Stimme zu hören und erkennen zu können, ist es wichtig, die Person zu kennen. Zum Beispiel würde ich unter Tausenden von Stimmen die von denen, die mir nahestehen wiedererkennen, weil ich sie kenne, weil ich eine Beziehung zu ihnen habe. Dieser Teil meiner Lebensgeschichte hat mich daran erinnert, wie wichtig es ist, eine Beziehung mit dem Heiligen Geist zu leben. Wenn ich ihm nicht nahe bin, wie kann ich dann seine Stimme erkennen?

Wir können den Heiligen Geist in drei Dimensionen erleben: in uns, durch uns und an unserer Seite. Der Heilige Geist ist mit uns, er ist in uns und er ist über uns.

Mit uns: Johannes 14, 16:
Und ich werde den Vater bitten, dass er euch an meiner Stelle einen anderen Helfer gibt, der für immer bei euch bleibt,

In uns: Johannes 14, 17:
den Geist der Wahrheit. Die Welt kann ihn nicht bekommen, weil sie ihn nicht sehen kann und nichts von ihm versteht. Aber ihr kennt ihn, denn er wird bei euch bleiben und in euch leben.

Über uns: Apostelgeschichte 1, 8
Aber ihr werdet mit dem Heiligen Geist erfüllt werden, und dieser Geist wird euch die Kraft geben, überall als meine Zeugen aufzutreten: in Jerusalem, in ganz Judäa und Samarien und bis ans äußerste Ende der Erde.

Leider bleibt der Heilige Geist für viele von uns manchmal ein Konzept.

Wir wissen jedoch, dass Jesus darüber gesprochen hat, und wir können viele Dinge über ihn hören und lesen. Ich werde nicht ein Kapitel über die Theologie des Heiligen Geistes schreiben, es gibt schon viele sehr interessante Bücher. Aber ich möchte nur sagen, dass eine Beziehung zu ihm uns wirklich im Alltag helfen kann. Der Heilige Geist bringt uns dem Herzen des Vaters näher und enthüllt uns seine Gedanken! Er hilft uns, den Weisungen Jesu zu folgen und rüstet uns perfekt aus, um die gute Nachricht kraftvoll zu verkünden. Gleichzeitig überführt uns der Heilige Geist auch von Sünde und bringt uns zur Buße.

Er will mit dir in deiner Sekunde reden, er will ein echter Mitspieler in deinem Leben sein und nicht nur ein Konzept, das beiseitegeschoben ist. Es mag manchmal unbedeutend erscheinen, wie Hallo zu irgendjemanden zu sagen oder die Person vor dir in der Warteschlange anzusprechen, weil du ihr etwas sagen möchtest, was du auf dem Herzen hast. Ich habe so viele Situationen erlebt, in denen ich meine Scham bei Seite gelegt habe, ich nahm all meinen Mut zusammen und tat, was diese leise Stimme des Heiligen Geistes von mir verlangte. Vielleicht ist er ein wenig der Gott, der in deinem Leben beiseitegeschoben ist? Vielleicht ist es nur ein Konzept für dich? Es wäre schade, einen so starken und mächtigen Partner zu verpassen. Es ist so beruhigend, durchs Leben gehen zu können, in dem Wissen, dass er da ist, bereit, uns zu helfen, uns zu warnen, uns den Weg zu zeigen – in einer einzigen Sekunde. Du kannst eine Beziehung mit ihm leben, wenn du es willst. Der Heilige Geist wird all denen gegeben, die den himmlischen Vater darum bitten.

Lukas 11, 13:
So schlecht ihr auch seid, ihr wisst doch, was euren Kindern gut tut, und gebt es ihnen. Wie viel mehr wird der Vater im Himmel denen den Heiligen Geist geben, die ihn darum bitten.

Am Tag nach dem besagten Abend, als ich in meiner Küche war und über die Angst nachgedacht habe, die zu verlieren, die ich liebe, hörte ich diese Stimme des Heiligen Geistes zu mir sagen: „Du kannst nur Angst haben, zu verlieren, was dir gehört. Was gehört dir eigentlich?"

Kein Wort mehr. Dieser Gedanke hat mich so erschüttert, dass ich mich hinsetzen musste. Natürlich habe ich direkt die Verbindung zu dem hergestellt, was meiner Tochter passiert war. Als Mutter von vier Töchtern dachte ich wirklich, dass sie mir gehören. Sie sind mein Fleisch und Blut. Ich habe mir noch nicht einmal die Frage gestellt, ob sie mir gehören oder nicht. Und doch hat mich dieser Gedanke des Heiligen Geistes dazu gebracht, darüber nachzudenken. Gehören sie mir wirklich? Kann eine Person oder können Dinge mir wirklich gehören? Und ich bekam meine Antwort. Ich habe verstanden, dass es nicht so ist, auch wenn ich es mir von ganzem Herzen wünschen würde, sie gehören mir nicht. Auch nicht die Sachen, die ich besitze. Alles geht vorbei. Wir haben eine gewisse Zeit hier auf dieser Erde. Wir sammeln sowohl materielle Schätze als auch Beziehungen mit Menschen. Es ist uns jedoch alles nur anvertraut. Gott hat uns, Simon und mir, unsere vier Töchter anvertraut. Natürlich tue ich alles, um sie glücklich zu machen und tue alles, was ich kann, damit es ihnen an nichts mangelt. Natürlich verhalte ich mich so, als ob sie mir gehören, mit dem Unterschied, dass ich verstanden habe, dass sie mir anvertraut wurden und dass jeder Tag, an dem ich an ihrer Seite sein kann, ein Geschenk ist. Ich lebe nicht mehr in der Angst vor dem Verlust eines geliebten Menschen, sondern ich genieße jeden Tag. Ich lebe nicht mehr in Angst, mein Zuhause zu verlieren, sondern ich genieße jeden Moment, in dem ich dort leben kann. Seien wir dankbar für das, was wir heute haben, und kümmern wir uns darum. Wir wissen nicht, was morgen geschehen wird. Es ist Gott, dem alles gehört.5.

Mose 10, 14:
Haltet euch vor Augen: Dem Herrn, eurem Gott, gehören der Himmel und alle Himmelswelten und die ganze Erde mit allem, was darauf lebt.

Ganz praktisch:

✱ **WAS IST DIE SEKUNDE, DIE DEIN LEBEN VERÄNDERT HAT ODER DIE DICH FÜR IMMER GEPRÄGT HAT?**

✱ **ERKENNST DU DIE STIMME DES HEILIGEN GEISTES?**

– Wie sieht deine Beziehung zu ihm aus? Geh zurück zu ihm und lerne, wie du seine Stimme in deinem Alltag hören kannst!

✱ **SCHAU DICH UM, SIEH DIR AN, WAS DU HAST, UND DANKE GOTT, DASS ER ES DIR ANVERTRAUT HAT, DENN ALLES GEHÖRT IHM!**

7
Lebensgefahr ... Nochmal!

Wir sind auf einer Reise in diesem schönen Land Österreich, um in Kirchen und Gemeinden zu dienen. Es ist März, die eiskalte österreichische Winterluft hat sich verzogen, aber es ist auch noch nicht ganz Frühling. Es ist sogar ein bisschen mild und wir spazieren durch die Hauptstadt Wien. Ich bin schwanger mit meinem vierten Kind und in der 29. Woche. Während wir durch die Stadt gehen und die verschiedenen Denkmäler besichtigen, fühle ich mich immer schwerer. Ich habe mich noch nie so müde gefühlt während einer Schwangerschaft. Mein Bauch ist schwer und ich habe das Gefühl, dass er mir abfällt.

Also machen wir Pausen, damit ich mich hinsetzen und mich ausruhen kann. Ein Gedanke geht mir durch den Kopf: „Was ist, wenn du das Gleiche durchlebst wie mit Céleste?" Ich versuche, diese Gedanken aus meinem Kopf zu vertreiben, indem ich meinen Kopf schüttele. Nein, ich will nie wieder das Trauma einer Frühgeburt erleben. Céleste, die mit 33 Wochen geboren wurde und bei der Geburt kaum ein Kilo wog, was für eine schwierige Erinnerung. Außerdem habe ich noch nie von zwei Frühchen in derselben Familie gehört. Ich versuche, mich zu beruhigen, aber tief in mir fühle ich, dass etwas nicht stimmt.

Am nächsten Tag machen wir uns auf den Weg nach Marseille, es ist eine lange Fahrt von mindestens 13 Stunden mit dem Auto. Bei unserer Ankunft fange ich an, die Koffer auszupacken. Ich bin müde und mein Rücken tut weh. Ich muss wohl nicht so gut aussehen, weil Simon besorgt ist und mich bittet, ins Krankenhaus zu gehen und überprüfen zu lassen, ob alles in Ordnung ist. Ich will nicht gehen und finde eine Ausrede, um zu Hause

Der Sturm zieht vorüber

zu bleiben. Aber Simon besteht darauf. Er hat ein schlechtes Gefühl, und sowas hat sich bis jetzt immer bestätigt. Ich habe solche Angst, weil ich in meinem Inneren weiß, dass er recht hat. Es folgte ein richtiger Streit zwischen ihm und mir. Ich bin mir sicher, dass, wenn ich ins Krankenhaus gehe, unser Leben sich ändern wird. Simon muss seine Stimme erheben und sich aufregen, damit ich mich entschließe, zu gehen, während er mit unseren drei kleinen Mädchen zu Hause bleibt.

Erst später wird mir klar, wie unvorsichtig es war, mit öffentlichen Verkehrsmitteln dorthin zu fahren. Ich weiß noch nicht, dass mein Baby und ich uns zwischen Leben und Tod befinden. Als ich allein ins Krankenhaus komme, kümmern sich die Hebammen schnell um mich und fangen mit den Routineuntersuchungen an. Sie erklären mir, dass sie mich heute Nacht lieber zur Beobachtung dabehalten würden, damit ich mich ausruhen könne. Sie wissen, dass das zu Hause nicht möglich ist mit meinen drei kleinen Töchtern. Ich richte mich im Zimmer ein, dusche und ziehe mir den Pyjama an. Ich bin froh, dass ich mich etwas ausruhen kann. Aber es vergeht nicht viel Zeit, bis die Ärzte in mein Zimmer stürmen und mir eine schreckliche Nachricht überbringen.

Ich erinnere mich noch sehr gut an diesen Moment. Ich sitze auf meinem Bett. Simon ist noch nicht hier. Er wollte später am Tag zu mir kommen. Ich möchte aber, dass er jetzt sofort bei mir ist. Ich weiß nicht mehr, wie viele Ärzte in mein Zimmer kamen, aber sie machten alle ein ernstes Gesicht: „Frau Reichör, wir haben schlechte Nachrichten. Sie haben eine Präeklampsie, eine lebensbedrohende Schwangerschaftskrankheit, und wir haben Angst, Sie zu verlieren. Um Sie zu retten, müssen wir das Baby holen. Und zwar jetzt. Und wir müssen Sie leider auch vorwarnen, dass die Möglichkeit besteht, dass das Baby nicht überleben wird. Ihr Zustand ist so beunruhigend, dass wir Sie sofort in den OP bringen müssen. Es gibt keine Zeit mehr, unter die Betadine-Dusche zu gehen, um sich zu desinfizieren, es gibt keine Zeit, auf ihren Mann zu warten. Wir müssen jetzt gehen". Nochmal …

Lebensgefahr ... Nochmal!

Was ist das für ein bitterer Geschmack, als ich verstehe, dass ich wieder einen lebensbedrohlichen Notkaiserschnitt erleben werde, wieder durch diese Angst gehe, mein Baby zu verlieren, dass ich wieder einmal eine Frühgeburt erleben werde, im Falle, dass mein Kind überlebt. Mir schlägt gerade ein Tsunami aus Angst, Traurigkeit, Einsamkeit und Verzweiflung entgegen. Ich habe einen Klotz im Hals. Er ist so eng, dass ich keinen Ton mehr herausbekomme. Nach einem Moment, völlig schockiert von der Nachricht, bitte ich darum, meinen Mann anrufen zu dürfen, um es ihm zu sagen. Nur ein Anruf. Ich sitze auf meinem Bett, völlig gelähmt vom Schock, rufe Simon an und die einzigen Worte, die aus meinem Mund kommen, sind: „Sie bringen mich jetzt in den OP. Komm, ich flehe dich an". Ich rufe auch meine Mutter an und sage ihr dasselbe.

Weniger als zehn Minuten später bin ich im OP. Die Spinalanästhesie ist sehr schnell gelegt, ich habe nicht einmal Zeit, Schmerzen zu haben, trotz der großen Nadel, die mir in den unteren Rücken gestochen wird. Es geht alles sehr schnell, alle sind konzentriert und sehr ernst. Niemand lächelt oder versucht mich zu beruhigen. Ich spüre, dass alle besorgt sind. Sofort, ohne zu zögern, machen sie mir den Bauch auf.
Wieder einmal befinde ich mich hinter diesem blauen Vorhang, höre alles, was passiert, und vor allem, spüre ich wieder einmal, wie mein Baby aus meinem Leib gerissen wird.

Ich schaue mir die Decke an und kann nicht aufhören zu weinen, ich habe Angst. In diesem Moment bete ich. Ich sage Gott nur, dass mein Leben und das meines Babys in seinen Händen liegt, dass sein Wille geschehen soll. Als ich das erste Mal durch einen Kaiserschnitt entbunden habe, auch im Notfall, hörte ich die Schreie von Céleste im Moment der Entbindung. Aber jetzt, dieses Mal, nichts! Keine Babyschreie. Die Ärzte sind in Panik, mein Blutdruck steigt, das Baby atmet nicht. Es ist ganz blau. Sie haben keine Zeit, es mir zu zeigen. Sie kämpfen um das Leben des Babys. Mein Blutdruck sinkt nicht. Sie haben Angst, mich zu verlieren. Ich will mein Baby. Ich will es in den Armen halten. Aber unsere Tochter kämpft gerade ums Überleben und die Ärzte kämpfen hart um sie.

In der Zwischenzeit schließen sie meinen Bauch und bringen mich zu meinem Mann in den Nebenraum. Als uns unsere Blicke sich kreuzen, sehe ich, dass er weint. Ich habe ihn noch nie in meinem ganzen Leben so gesehen. Man kann die Verzweiflung in seinen Augen sehen. Ich dachte, dass unser Baby tot ist. Aber währenddessen setzen die Ärzte alles daran, Melissa zu retten: 30 Minuten Reanimation. Ich liege auf einem Bett im Flur neben Simon und wir warten, ob unsere vierte Tochter überleben wird oder nicht. Und plötzlich legt sich eine Hand auf meine. Ich drehe mich um und meine Augen kreuzen sich direkt mit denen des Kinderarztes, der mit seinem Team über eine halbe Stunde lang um das Überleben meiner Tochter kämpfte. Er sagte nur zwei Worte: „Sie lebt!"

Jesus trug meine Verzweiflung

Melissa hat überlebt. Sie kann mit der Hilfe eines Schlauches atmen, der von ihrem Mund bis zu ihren winzigen Lungen reicht. Meine kleine Melissa, 960 Gramm schwer, ist intubiert. Die Ärzte entscheiden, sie in ein anderes Krankenhaus zu verlegen, damit sie überleben kann. Ich verabschiede mich und reiche meine Hand in diesem großen Kasten, der als Brutkasten dient. Ich halte ihre Hand, die nicht einmal die Hälfte meines Daumens ausmacht. Sie ist so klein und so schön. Mitten an diesem schwierigen Tag zu sehen, wie meine Tochter atmet und lebt, ist ein wunderbares Geschenk des Himmels. Simon begleitet sie im Notarztwagen auf dem Weg zu einem anderen Krankenhaus. Die Ärzte sagen ihm, sie wüssten nicht, ob sie die Fahrt überleben würde.

In der Zwischenzeit bekomme ich innere Blutungen, ausgelöst durch den Kaiserschnitt. Während Simon diese Nachricht erhält, bringt das medizinische Team Melissa in ihrer pädiatrischen Reanimations-Box gerade ins Krankenhaus „La Conception" in Marseille. Sie sagen ihm, dass wenn er seine Frau noch einmal sehen wollte, er jetzt sofort kommen müsse. Simon ist hin- und hergerissen bei dem Gedanken, entweder bei seiner Tochter, die zwischen Leben und Tod ist, zu bleiben oder bei seiner Frau

Lebensgefahr ... Nochmal!

zu sein, die dabei ist, durch die Komplikationen der Geburt zu sterben. Er entscheidet sich, schnell mit der U-Bahn zu mir zu kommen.

Wir haben beide überlebt, aber nicht ohne Komplikationen, denn Melissa kämpfte drei Monate lang ums Überleben. Sie war drei Monate unter ständiger Beobachtung auf der Intensiv-Station, und drei Wochen befand sie sich sogar zwischen Leben und Tod. Jeden Tag sagten uns die Ärzte, wir sollten diesen Tag genießen, denn sie wüssten nicht, ob Melissa am nächsten Tag noch bei uns sein würde. Sie kam schließlich durch diese Zeit und Tag für Tag gewann sie an Gewicht und bekam mehr Kraft. Sie war extrem stark. Der Tag kam, an dem sie auf die Neonatologie-Intensivstation gebracht werden konnte. Nach drei harten Monaten der Überlebenskämpfe konnte Melissa nach Hause entlassen werden zu ihren drei Schwestern, die schon sehnsüchtig auf sie warteten. Unsere Familie war endlich vereint.

Ich denke, dass das die schwierigste Prüfung meines Lebens war. Ich hatte noch nie so viel Verzweiflung, Angst und Traurigkeit gespürt. Aber was ist dann das positive Zeugnis? Ich erzähle euch, was ich durchgemacht habe, weil Gott mich in dieser Zeit nicht eine Sekunde lang losgelassen hat. Das heißt nicht, dass ich nicht Verzweiflung gespürt oder erlebt habe, aber ich war nicht allein. Manchmal erleben wir Situationen, in denen wir keine Möglichkeit haben, Dinge durch unseren eigenen Willen oder durch unsere eigene Stärke zu ändern. Manchmal müssen wir uns der Verzweiflung stellen, ohne Zeit gehabt zu haben, uns darauf vorzubereiten. Es kommt plötzlich und ist oft brutal. Wir entscheiden uns nicht für solche Situationen, und die Frage ist nicht, ob wir die Situation akzeptieren oder nicht, sondern wie wir sie durchstehen. Das kann die plötzliche Nachricht einer Krankheit sein, der frühe Tod eines geliebten Menschen, der Verlust eines geliebten Menschen oder andere Situationen. Was sie gemeinsam haben, ist das Leiden und die Verzweiflung.

Ich weiß nicht, was du durchgemacht hast und was für ein Drama dich vielleicht an den Rand gebracht hat, aber ich möchte dir mitteilen, was ich erlebt habe: Wir sind nicht allein. Man hat mir immer gesagt, dass Jesus

Der Sturm zieht vorüber

alles verstehen kann, was ich durchmache. Denn wenn man Jesu Leben betrachtet, sieht man, dass Jesus Verzweiflung, Angst und auch Traurigkeit erlebt hat. Er ging ans Kreuz, er war allein, verlassen von allen, auch von seinem eigenen Vater.

Markus 15, 34:
Gegen drei Uhr schrie Jesus: »Eloï, eloï, lema sabachtani?« – das heißt übersetzt: »Mein Gott, mein Gott, warum hast du mich verlassen?«

Er hat die Übel der Welt auf sich genommen. Er hat den Preis der Verzweiflung bezahlt, damit wir nicht mehr allein damit sind, damit wir unsere Tragödien und Leiden mit Hilfe eines mitfühlenden und liebenden Gottes durchstehen können. Es macht einen echten Unterschied, sich in Zeiten, in denen man keine Kraft mehr hat, getragen zu wissen. Meine erste Reaktion, als ich die schlechte Nachricht erfuhr, war, dass ich jemand an meiner Seite haben wollte. Ich wünschte mir so sehr, dass Simon bei mir wäre, um mich zu unterstützen und mir zu helfen, stark zu sein. Aber nein, ich war allein bei der problematischen Nachricht und auch im OP.

Lange Zeit verstand ich nicht, warum ich immer allein war, wenn ich den größten Herausforderungen meines Lebens gegenüberstand. Aber wenn Simon an meiner Seite gewesen wäre, hätte ich wohl nicht Gottes Hilfe gesucht. Ich hatte keine andere Möglichkeit, als meine Verzweiflung und Traurigkeit in seine Hände zu legen. Wie ein Hilferuf, ein Hilfeschrei, rief ich ihn um seine Hilfe. Wenn du nichts mehr in deiner Hand hast, wenn du keine Macht mehr über dein Leben hast oder das Leben eines nahestehenden Menschen, dann gibt es nicht mehr viele Möglichkeiten. Entweder du isolierst dich, sonderst dich ab oder du verlierst dich in einem Tunnel der Verzweiflung, der nirgendwohin führt, oder du überlässt dein Schicksal dem, der alles weiß.

Psalm 37, 5:
Überlass dem Herrn die Führung in deinem Leben; vertrau doch auf ihn, er macht es richtig!

Lebensgefahr ... Nochmal!

Ich erinnere mich an den Tag nach der Operation. Erst gestern trug ich mein Kind noch im Bauch, und heute sind wir getrennt voneinander mehrere Kilometer in zwei verschiedenen Krankenhäusern. Ich liege auf meinem Bett zusammengekauert und ich bin traurig, wie ich es noch nie vorher gewesen bin. Simon ist mit unseren drei Töchtern zu Hause. Es ist Sonntag. Ich weiß, dass alle meine Verwandten in der Kirche sind. Aber ich denke nur an mein Baby, allein in seinem Brutkasten. Und dann plötzlich, ohne es erklären zu können, erlebe ich etwas Göttliches. Plötzlich hat sich in meinem Zimmer eine Atmosphäre des totalen Friedens ausgebreitet. Ich spüre förmlich, wie ich in eine extrem sanfte Decke eingehüllt werde, die auf mich gelegt wird. Ich kann mich nicht mehr bewegen. Ich bin wie auf Wolken und fühle einen tiefen Frieden. Ich erlebe körperlich, wie Gott gekommen ist, um mein Herz auf übernatürliche Weise zu besänftigen. Jedes Zeitgefühl war verschwunden. Ich hatte es schon einmal erlebt, gleich nachdem ich mit neun Jahren missbraucht wurde, als meine Eltern für mich gebetet hatten. In diesem Moment verschwand meine Traurigkeit und ich fühlte mich geliebt, unterstützt und gestärkt von der Liebe Gottes. Am frühen Nachmittag erzähle ich meinen Eltern am Telefon, was ich am selben Morgen Außergewöhnliches erlebt hatte.

Es ist so schön festzustellen, dass in dem Moment, als ich gespürt habe, wie diese Decke auf mich gelegt wurde, Hunderte von Menschen für mich beteten. Ich war so verzweifelt, dass ich nichts anderes tun konnte als Gott zu vertrauen. Und er antwortete mir, er nahm mein Leiden und zeigte es mir ganz konkret. Das ist ein Moment, den ich nie vergessen werde.

Wir waren so glücklich über das Wunder Gottes in unserem Leben. Wir waren nicht nur am Leben, sondern ich hatte auch eine außergewöhnliche Erfahrung mit Gott gemacht. Obwohl wir für das Leben sehr dankbar waren, waren die folgenden Wochen sehr schwierig und ich fühlte mich oft traurig und hilflos. Aber ich habe nie vergessen, dass Gott da war. Ich wusste, dass er mich verstand, dass er mich liebte und vor allem, dass er mich und meine Familie auf diesem langen und schwierigen Weg nach der Frühgeburt durchtrug. Ich habe gelernt, dass Gott mit mir in den größten Leiden da war, ob ich es fühlte oder nicht. Ich wusste, dass ich nicht mehr allein mit meiner Verzweiflung sein muss, da Jesus sie ein für alle Mal getragen hatte.

Ganz praktisch:

✱ JESUS HAT DEN PREIS DER VERZWEIFLUNG BEZAHLT, DAMIT WIR NICHT MEHR ALLEIN MIT UNSERER BLEIBEN MÜSSEN!

– Gib ihm dein Leid, welches dich zur Verzweiflung treibt!

✱ VERTRAUE DEIN LEBEN GOTT AN UND ER WIRD HANDELN.

– Du kannst das göttliche Handeln in den schlimmsten Zeiten deines Lebens erleben!

✱ OB DU ES FÜHLST ODER NICHT, GOTT IST DA! ER BEGLEITET DICH, WENN DU IHN EINLÄDST.

8
Über meine Kräfte hinaus?

In den ersten Nächten ohne Schlaf denkt man, das ist normal. Wir haben das ja schon mit drei Babys durchgemacht. Wir kennen die Anfänge. Melissa ist bei uns. Wir sind froh, dass wir zusammen sind. Natürlich sind wir erschöpft, körperlich und emotional, nach all den Monaten, in denen wir täglich zum Krankenhaus hin und zurückgefahren sind.

Seit Melissa bei uns ist, weint sie sehr viel. Wir denken, sie braucht nur Zeit, um sich in ihrer neuen Umgebung einzuleben. Aber nein, sie schreit die ganze Zeit. Tag und Nacht. Jedes Mal, nach dem Einschlafen wacht sie plötzlich nach ungefähr 30 Minuten wieder auf und schreit mit all ihren Kräften. Nichts beruhigt sie. So ist es den ganzen Tag und jede einzelne Nacht. Der Kinderarzt hilft uns nicht wirklich weiter. Für ihn gibt es nichts Normaleres als ein weinendes Baby. Aber je mehr Tage vergehen, desto schlimmer wird die Situation. Nach zehn Monaten hat sich nichts geändert. Der Horror dauert jetzt schon fast ein Jahr an. Melissas Schreie werden immer schriller. Wir sind alle am Ende.

Eines Tages sagte Simon mir, dass er auf einem Ohr nicht mehr viel hört. Der Hals-Nasen-Ohren-Arzt, den er besuchte, fragte ihn, ob er den ganzen Tag kontinuierlichen Lärm ausgesetzt ist. Er denkt, er arbeitet in einer Fabrik oder in der Nähe von Maschinen, die ein hohes, schrilles Geräusch machen. Zu diesem Zeitpunkt versteht Simon, dass das ständige Weinen seit mehr als zehn Monaten zu einem Hörverlust geführt hat.

In unserer Ehe wird es kompliziert. Es vergeht kaum noch ein Tag, an dem wir uns nicht streiten. Ehrlich gesagt, könnte ich nicht einmal mehr

Der Sturm zieht vorüber

sagen, was die Gründe dafür waren. Intensive Müdigkeit macht uns extrem empfindlich und viel weniger geduldig füreinander. Es ist so kritisch geworden, dass man sich verspricht, dass jede Beleidigung, die in der Nacht gesagt wird, am nächsten Tag nicht mehr zählt. Die ganze Familie leidet unter dieser Situation, sowohl unsere kleine Melissa, die nicht schlafen kann, als auch wir, die wir erschöpft sind, als auch unsere anderen drei Töchter, die die elektrische Atmosphäre zu Hause spüren. Es ist Zeit, etwas zu ändern. Unsere Familie sieht, dass wir Hilfe brauchen.

Meine Eltern schlagen uns dann eine Übergangslösung vor: Simon wird nachts bei ihnen übernachten, um wieder zu Kräften zu kommen, während ich mich um die Kinder kümmere und vor allem um Melissa, die die ganze Nacht weint. Ich werde tagsüber dort schlafen, während Simon die Kinder übernimmt. Es ist für ihn nicht mehr möglich zu arbeiten. Er muss alle seine Aktivitäten auf Standby setzen, bis wir eine dauerhafte Lösung für die immer schwieriger zu ertragenden Schlafprobleme finden. Ich lebe nicht mehr, ich überlebe. Jeder Tag, jede Nacht ist ein Kampf.

Es kommt dieser traurige Abend, an dem ich wieder mal zusammenbreche. Ich weine und frage mich, wie ich das überleben soll. Ich denke, nicht schlafen zu können, ist die schlimmste Folter. Ich träume nur davon. Schlafen. Aber das ist nicht möglich. Wenn ich tagsüber bei meinen Eltern bin, fühle ich mich schuldig, nicht bei meinen Mädchen zu sein, und nachts schlafe ich keine Minute. Und so befinde ich mich nun, an diesem Abend vor meinem Fenster und schaue raus, aber da ist die Leere, die ich sehe. Und zum ersten Mal in meinem Leben bin ich versucht, aus dem Fenster zu springen. Ich kann mich nicht mehr an irgendeine Hoffnung klammern. Ich habe es satt, zu leiden. Ich habe keine Kraft mehr. Ich erinnere mich, dass ich mir dachte, dass, wenn das das Leben wäre, ich es auch beenden könnte. In diesem Moment denke ich weder an meine Töchter noch an meinen Mann noch daran, dass ich einen starken Glauben an Gott habe, und dass ich ein Vorbild für alle um mich herum sein muss. Ich habe nur meinen Schmerz vor Augen und in meinem Herzen. Ich bin extrem traurig, diese Gedanken zu haben, denn ich weiß in meinem Herzen, dass Gott

Über meine Kräfte hinaus?

da ist und dass er mir helfen will. Und plötzlich, inmitten dieser dunklen Gedanken, geht mir ein anderer durch den Kopf: der Vers, der sagt, dass Gott uns nicht über unsere Kräfte hinaus versuchen wird.

1. Korinther 10, 13:
Die Proben, auf die euer Glaube bisher gestellt worden ist, sind über das gewöhnliche Maß noch nicht hinausgegangen. Aber Gott ist treu und wird nicht zulassen, dass die Prüfung über eure Kraft geht. Wenn er euch auf die Probe stellt, sorgt er auch dafür, dass ihr sie bestehen könnt.

Weinend spreche ich zu Gott. Ich bitte ihn, mein Leiden zu beenden. Ich bitte ihn, dass meine Tochter endlich schlafen kann, dass er sich irgendwie einmischt, denn jetzt reicht es, ich habe es satt! Ich denke, ich habe schon lange die Grenze meiner Kräfte erreicht. Es ist das erste Mal in meinem Leben, dass ich solche Gedanken habe, trotz all der Prüfungen, die ich schon erlebt habe.

Es gab ein Vorher und Nachher nach diesem Abend. Dieser Moment hat mein Leben geprägt, weil es eines dieser seltenen Male war, wo ich kurz davor war, aufzugeben. Ich wollte nicht mehr kämpfen und ich hatte akzeptiert zu kapitulieren. Aber Gott ist auf eine delikate und subtile Weise gekommen, indem er mich an diesen Vers erinnert hat. Er erlaubte mir, mich an ihn zu wenden, um ihn um Hilfe zu bitten.

Wir hatten bereits mehrere Termine mit verschiedenen Ärzten wegen dieser Schlafprobleme, ohne dass wirklich jemand eine Lösung finden konnte. Aber kurz nach diesem Abend hatten wir einen Termin bei einem Osteopathen, der speziell mit Frühgeborenen arbeitete. Nach drei Massagen auf der Rückseite ihres Kopfes schläft Melissa mehrere Stunden am Stück, ohne jedes Mal nach 30 Minuten aufzuwachen. Beim Aufwachen schreit sie nicht mehr. Das ist das erste Mal, dass wir das erleben, seitdem die aus dem langen Krankenhausaufenthalt nachhause gekommen ist. Melissa ist über ein Jahr alt. Endlich! Wir konnten durchatmen und wieder ein Licht am Ende des Tunnels sehen.

Jesus, mein Brot des Lebens

Es kann vorkommen, dass man so sehr leidet, dass man glaubt, nicht mehr kämpfen zu können. Ich hatte zu viele schwierige Situationen, die nacheinander kamen und war müde, zu müde, um weiterzumachen. Ich konnte niemanden mehr um mich herum wahrnehmen. Ich war total von meinem Leiden eingenommen und dem Verlangen, dass das Leiden aufhört. Aber schließlich, als Melissa endlich zu schlafen begann, fühlten wir uns schnell besser.

Ich dachte, alles wäre gut, dass die Zeit des Leidens endlich vorbei ist. Ich wusste da noch nicht, dass ich mich geirrt hatte und dass ich noch mehr schreckliche Prüfungen durchmachen würde, und fast wieder mein Leben verlieren würde. Zu diesem Zeitpunkt hatte ich keine Ahnung, was ich wirklich noch in der Lage war zu ertragen. Es war noch nicht vorbei. Aber was ich aus dieser Situation lernen konnte, von dem Abend, an dem ich bereit war, alles loszulassen, war, dass wir uns unserer Kräfte oft nicht bewusst sind.

Im Nachhinein verstehe ich, wie ich damit umging, als ich dachte, ich hätte keine Kraft mehr. Ich hatte meine Augen auf mich gerichtet, anstatt auf Gott. Am Ende drehte ich mich im Kreis, um mich selbst und meine Schwierigkeiten. Erst als ich sterben wollte, konnte ich aufhören, mich in diesem Teufelskreis zu drehen und endlich zu Gott schreien und ihn um sein Eingreifen bitten. Ich dachte, ich sei stark genug, ich dachte, dass Tausende von Eltern dasselbe durchmachten und dass ich mich nicht beschweren dürfte. Ich war überzeugt, dass Gott etwas anderes zu tun hatte, als mir in meinem unbedeutenden Leben als Mutter zu helfen. Ich dachte nur an mich, uns und unser Leid. Ich dachte falsch. Ich hatte vergessen, dass, selbst in den Prüfungen, die mir zwecklos erscheinen mögen, Gott sich für mich interessiert. Und doch, wenn ich diesen Teil meines Lebens analysiere, erkenne ich meine Fehler und was ich daraus lernen kann.

In der Bibel gibt es viele Persönlichkeiten, die mich faszinieren und an denen

Über meine Kräfte hinaus?

ich mir ein Beispiel nehmen will. Männer und Frauen mit außergewöhnlichen Schicksalen. Ich bin immer ermutigt, ihre Siege zu lesen und zu sehen, wie sie sich den Prüfungen, der Entmutigung und manchmal sogar dem Wunsch nach dem Tod gestellt haben.

Der Prophet Elia ist eine dieser Personen. Seine Geschichte ist absolut außergewöhnlich. Es gibt natürlich viel zu sagen über sein Leben und darüber, wie Gott ihn mächtig benutzt hat, aber ich möchte, dass wir gemeinsam einen Moment sein Leben betrachten, den Moment, wo er sterben will. Ja, einer der großen Propheten des Alten Testaments war in einer solchen Situation, dass er nicht mehr kämpfen wollte, um zu leben. Angst und Verzweiflung überwältigten ihn und er war bereit, aufzugeben. Da dieser Teil seiner Geschichte unser Leben widerspiegeln kann, schlage ich vor, dass wir ihn uns genauer ansehen. Es gibt nicht viele Informationen über Elias Kindheit, aber wir wissen, dass er Tischbite war und in Gilead in Israel lebte, als Ahab der König war. Elia war ein Prophet des ewigen Gottes. Dennoch befand er sich in einer solch schlimmen Situation, dass er Gott bat, seine Seele zu nehmen. Er lag in der Wüste unter einem Baum, mit geschlossenen Augen, während er nachdachte und von ganzem Herzen hoffte, nicht mehr auf der Erde aufwachen zu müssen.

Um die Geschichte ein wenig zu verstehen, empfehle ich dir, 1. Könige 17 bis 2. Könige 2 zu lesen. Ich werde hier nicht alles im Detail schreiben, aber man muss wissen, dass Elia einen außergewöhnlichen Sieg über die 450 Propheten des Gottes Baal errungen hatte. Als er mit Gott geredet hatte, sandte der HERR ihn als Bote zu dem König Ahab und zeigte seine Macht und seine Herrschaft und bewies, dass er der einzig wahre Gott sei; und er stieg hinab als ein mächtiges Feuer um das Opfer, das Elia vorbereitet hatte, zu verzehren, dort, wo die 450 Propheten Baals gescheitert waren. Zusammengefasst: Alles war perfekt und die Situation sah so aus, als ob Elia sich freuen und den Sieg genießen könnte. Stattdessen gab es ein Ereignis, das uns vielleicht völlig harmlos erscheint, welches aber die Zukunft dieses großen Propheten verändert hat. Isebel, die Frau von König Ahab, hat einen Satz gesagt, einen einfachen Satz, der eine zutiefst verhängnisvolle

Der Sturm zieht vorüber

Resonanz auf Elia hatte. Sie versprach ihm dasselbe Schicksal wie den 450 Propheten, die unter seinem Schwert starben.

1. Könige 19, 1-5a:
Ahab berichtete Isebel alles, was Elia getan hatte, vor allem, wie er die Propheten Baals mit dem Schwert getötet hatte. Da schickte Isebel einen Boten zu Elia, der ihm ausrichten sollte: »Die Götter sollen mich schwer bestrafen, wenn ich dir nicht heimzahle, was du diesen Propheten angetan hast! Morgen um diese Zeit bist auch du ein toter Mann, das schwöre ich!« Da packte Elia die Angst. Er rannte um sein Leben und floh bis nach Beerscheba ganz im Süden Judas. Dort ließ er seinen Diener, der ihn bis dahin begleitet hatte, zurück. Allein wanderte er einen Tag lang weiter bis tief in die Wüste hinein. Zuletzt ließ er sich unter einen Ginsterstrauch fallen und wünschte, tot zu sein. »HERR, ich kann nicht mehr!«, stöhnte er. »Lass mich sterben! Irgendwann wird es mich sowieso treffen, wie meine Vorfahren. Warum nicht jetzt?« Er streckte sich unter dem Ginsterstrauch aus und schlief ein.

Nachdem er gerade einen außergewöhnlichen Sieg errungen hatte, floh Elia in Panik und Angst vor dieser Bedrohung. Er kommt nach Beerscheba und verlässt dort sogar seinen treuen Diener. Ganz allein kommt er in der Wüste an, findet einen Ginster und will sterben.

Wir können einige sehr interessante Dinge in dieser Situation analysieren. Der Ort, an dem Elia seinen Diener zurücklässt, heißt Beerscheba, was „Brunnen des Eides" bedeutet, mit anderen Worten: der Ort der Verheißung, des Bundes. An diesem Ort machte Abraham damals einen Bund mit Abimelech (1. Mose 21,30-31). Elia verlässt den Ort des Bundes und des Eides, um in die Wüste zu gehen, wo er vor einem Ginster anhält. Dieser Baum wird dreimal in der Bibel erwähnt. Hiob (Hiob 30,4) erklärt, dass die Wurzeln des Ginsters die Nahrung der Elenden und Ärmsten sind, die von der Hungersnot bedroht sind. In der Wüste aßen nur die Kamele den Ginster. Nur wer wirklich nichts mehr hat, ist bereit, das Ungenießbare zu essen. Und es ist dieser Ort der Bitterkeit und Verzweiflung, den Elia auswählt, um um den Tod zu bitten, während er sagt, er sei nicht besser als seine Väter.

Über meine Kräfte hinaus?

Als ich mir diese Geschichte genauer ansah, war ich erschüttert, als ich sah, dass wir nicht so anders sind. Wir können außergewöhnliche Dinge mit Gott erleben. Wir können seine mächtige Hand im eigenen Leben sehen. Wir können erfahren, wie sehr er sich um uns kümmert. So oft habe ich Gott in meinem Leben am Werk gesehen. Konkret habe ich Heilungswunder gesehen und gespürt, wie Gott uns materiell und finanziell auf übernatürliche Weise gesegnet hat. Wir hatten gerade Gottes Hand im Leben unserer vierten Tochter gesehen. Er hatte sie gerade vor dem Tod gerettet, Melissa war unser Wunder.

Vielleicht hast du auch in deinem Leben außergewöhnliche Dinge mit Gott erlebt, und vielleicht hat er dir seine Treue und seine Liebe immer wieder gezeigt. Dann, wie für Elia nach dem Sieg, könnte man sich theoretisch freuen und feiern, was Gott in unserem Leben tut. Nein, nein! Noch einmal, wie für Elia, es genügt ein Satz, es genügt ein gesprochenes Wort, es genügt eine Entmutigung, es genügt eine Angst, um wegzulaufen. Und wir gehen nicht irgendwo hin. Wir trennen uns von den letzten Menschen, die uns nahe stehen ab und lassen sie an dem Ort der Verheißung stehen, und wir wenden uns von dem Bund ab, um völlig allein zu sein. Es ist, als würden wir uns entscheiden, den Versprechen Gottes in unserem Leben den Rücken zu kehren. Wir gehen in eine Wüste, um uns unter einem Ginster zu verstecken, das heißt unter Bitterkeit, Verzweiflung. Und hier, an diesem Ort, bitten wir um den Tod.

Aber was passiert in der Fortsetzung von Elias Geschichte?

1. Könige 19, 5-8:
Dann legte er sich unter den Ginsterstrauch und schlief ein. Aber ein Engel kam, weckte ihn und sagte: »Steh auf und iss!« Als Elija sich umschaute, entdeckte er hinter seinem Kopf ein frisches Fladenbrot und einen Krug mit Wasser. Er aß und trank und legte sich wieder schlafen. Aber der Engel des Herrn weckte ihn noch einmal und sagte: »Steh auf und iss! Du hast einen weiten Weg vor dir!« Elija stand auf, aß und trank und machte sich auf den Weg. Er war so gestärkt, dass er vierzig Tage und Nächte ununterbrochen wanderte, bis er zum Berg Gottes, dem Horeb, kam.

Der Sturm zieht vorüber

Es war nicht der Zeitpunkt für Elia zu sterben. Es war auch nicht meiner. Vielleicht ist es auch nicht der Zeitpunkt für dich zu sterben. Ein Engel erschien Elia und gab ihm zu essen. Stellen wir uns die Situation vor. Als Elia seine Augen unter diesem Ginster schließt, stellt er sich vor, sie nie wieder zu öffnen. Er denkt, er stirbt. Aber Gott hat einen anderen Plan, denn seine Arbeit auf der Erde ist noch nicht zu Ende. Und was tut der Herr? Er schickt einen Engel, um ihm etwas zu essen zu geben, damit er wieder zu Kräften kommt, denn der Weg, den er gehen muss, ist noch lang.

Als ich mich vor diesem Fenster befand und zu Gott schrie, gab er mir die Nahrung, die ich brauchte, um weiterzumachen. Als ich zusammenbrach und den Gedanken annahm, mein Leben zu beenden, erinnerte mich Gott daran, dass er mich nicht über meine Kräfte hinaus versuchen würde. Die gute Nachricht ist, dass wir, wie Elia, heute und für immer Zugang zum Brot haben. Diese Nahrung stärkt unsere Seele und unseren Geist, um weiterzumachen und voranzukommen.

Wisst ihr, wer das Wort ist, das Fleisch geworden ist? Jesus. Gott der Vater hat seinen Sohn ein für alle Mal gegeben, damit wir den Weg weitergehen können, egal welche Entmutigungen wir im Leben erleben. Er war gnädig mit Elia, indem er einen Engel schickte, um ihm Nahrung zu geben, weil seine Zeit noch nicht vorbei war. Und uns hat er seine Gnade erwiesen, indem er seinen eigenen Sohn geschickt hat, um unsere Nahrung zu sein und uns die Kraft zu geben, weiter im Plan Gottes zu leben. Jesus ist das Brot des Lebens.

Johannes 6, 35:
»Ich bin das Brot, das Leben schenkt«, sagte Jesus zu ihnen. »Wer zu mir kommt, wird nie mehr hungrig sein. Wer sich an mich hält, wird keinen Durst mehr haben.

Es kann vorkommen, dass wir denken, wir hätten unsere Grenzen erreicht und dass wir keine Kraft mehr haben. Gott weiß, was er in uns gelegt hat, er wird uns nicht über unsere Kräfte hinaus versuchen. Sein Plan ist perfekt für unser Leben. Wenn also die Entmutigung kommt, wenn du auf der

Flucht bist und in deinem Herzen um den Tod bittest, dann schau dir das Leben Elias an, schau auf mein Leben und sieh, was Gott getan hat. Er will es für dich tun. Er will dich zurückbringen zu den Verheißungen, die er dir gegeben hat. Er will dir die perfekte Nahrung geben, das Brot des Lebens, damit du nie wieder hungerst und den Weg weiter gehst, den Gott für dich geplant hat.

Ganz praktisch:

✱ ANALYSIERE DAS WORT, DIE BEDROHUNG, DIE ENTMUTIGUNG, DIE DICH IN DEINEM LEBEN HABEN FLÜCHTEN LASSEN.

– Was ist die Quelle?

✱ ERNÄHRE DICH VOM FLEISCH GEWORDENEN WORT. JESUS.

– Lies die Bibel, welche Verheißungen hat Gott uns gegeben?

✱ STEH AUF, GEH MIT GOTT WEITER UND ERINNERE DICH.

– Er wird uns nicht über unsere Kräfte hinaus versuchen!

9
Adieu an den Mann meines Lebens!

Ich liege auf einem Krankenhausbett irgendwo in Deutschland und bin dabei, mich von dem Mann meines Lebens zu verabschieden. Ich bin erst 25 Jahre alt und die Ärzte haben keine Hoffnung mehr für mich. Sie empfehlen uns, die letzten zehn Minuten, die ich noch zu leben habe, zu nutzen, um uns zu verabschieden.

Ein kleiner Rückblick. Melissa schläft endlich, wir fangen an durchzuatmen, nach all den Jahren der angesammelten Prüfungen. Einige Tage nach der Rückkehr der Ruhe schenken uns zu unserer Überraschung unsere Familie und unsere Kirche eine Reise nach Deutschland. Alles ist organisiert und meine Schwiegereltern kommen sogar, um sich um unsere vier Töchter zu kümmern, damit wir eine Woche mit einem Team unserer Kirche eine Partnerkirche in Deutschland besuchen und von ihnen lernen können. Wir sind sehr glücklich über diese Reise, vor allem, dass wir uns als Paar wieder finden können. Wir vermissen es so sehr, mit Erwachsenen zu reden, über etwas anderes als die Menge der Milch, die in die Babyflasche zu füllen ist. Kurz gesagt, wir sind wirklich glücklich, an dieser Reise teilnehmen zu können.

So sind wir nun für etwa 16 Stunden im Auto unterwegs. Wir wissen, dass unsere Kinder in guten Händen sind, wir fühlen uns erleichtert und sind in Frieden. Nach ein paar Stunden sitzend im Auto fängt mein rechtes Knie an weh zu tun. Je länger ich so sitze, desto akuter wird der Schmerz. Ich nutze jede Pause, um mich zu strecken, aber ich sehe, dass ich anfange zu humpeln. Für mich ist es nichts Ernstes und vor allem keinen Grund zur Sorge. Eine Woche vor dieser Reise diagnostizierte mein Hausarzt einen kleinen Muskelfaserriss in der rechten Wade. Er sagt, es ist nichts Schlimmes.

Der Sturm zieht vorüber

Deshalb denke ich, dass es daran gelegen hat.

Wir sind gut angekommen in Deutschland und wir richten uns in den Zimmern ein, die uns freundlicherweise von der Kirche, die uns empfängt, vorbereitet wurden. Als ich das Gepäck aus dem Auto in unseren Schlafsaal bringe, kann ich schlecht atmen. Ich bin außer Atem, wie beim Joggen. Außer, dass ich jetzt ganz ruhig ohne Anstrengung gehe. Ich sage mir, dass das vielleicht etwas mit dem Gewicht zu tun hat, das ich in den letzten Jahren zwischen den vier Schwangerschaften, durch die gesundheitlichen Probleme und die große Müdigkeit zugenommen habe. Aber das beunruhigt mich nicht so sehr. Ich sage es trotzdem meinen Freundinnen im Schlafsaal. Sie sagen mir, dass es sicherlich der Druck sei, der nach all den Jahren der Schwierigkeiten und des Leidens weggeht. Das klingt glaubwürdig. Abends, während ich dusche, wird mir schwindelig, ich spüre es im ganzen Körper. Ich spüre, dass ich ohnmächtig werde.
Es wird immer schwieriger zu atmen. Zum Glück ist meine Mutter in der Nähe. Es waren meine Eltern, die die Reise organisiert haben, und ich freute mich sehr, diese Zeit mit ihnen zu verbringen. Meine Mutter liegt direkt neben mir in diesem großen Schlafsaal und die ganz Zeit hatten wir so viel Spaß und lachten, bis wir weinen mussten. Ich liebe es so sehr, Zeit mit ihr zu verbringen. Als meine Mutter realisiert, dass etwas Ungewöhnliches passiert, kommt sie direkt und hilft mir aus der Dusche, gibt mir einen Stuhl, damit ich mich hinsetzen kann, öffnet die Fenster, um Luft reinzulassen. Ich kann nicht mehr atmen. Die Minuten vergehen, es ist ein bisschen besser. Im Liegen fühle ich mich besser und schlafe schlussendlich gut.

Wir sind jetzt seit zwei Tagen hier und wir haben mit dem Team unserer Kirche eine schöne Zeit. Ich versuche, meine immer stärkere Atemnot zu ignorieren. Die Personen um mich herum sagen auch, dass mein Körper wahrscheinlich zu viele emotionale Schocks erlitten hat und dass er sich ausruhen muss. Jedes Mal, wenn ich mich bewege, auch nur ein paar Schritte, muss ich mich später kurz hinsetzen, um Luft zu holen. Ich fange ernsthaft an, mich zu fragen, was das Problem in meinem Körper ist. Ich fange an, ein ungutes Gefühl zu bekommen.

Adieu an den Mann meines Lebens!

Am dritten Tag, als ich die kleinen Stufen der Kirche hinaufsteige, muss ich mich am Geländer festhalten, um nicht zusammenzubrechen. Ich komme nicht weiter vorwärts.

Ich kann nicht mehr atmen. Ich war noch nie in meinem ganzen Leben so außer Atem. Mein Kopf dreht sich, und ich spüre, dass sich etwas Schlimmes in mir anbahnt.

Simon bringt mich zu einem Hausarzt in der Stadt. Wir parken zwei Straßen von seiner Praxis entfernt, aber es scheint mir eine Ewigkeit, um zur Arztpraxis zu kommen. Jeder Schritt ist eine Qual und bringt mich ein wenig mehr hin zum Tod. Als ich durch die Eingangstür gehe, sehe ich diese Treppe vor mir. Zwei Stockwerke, zwei Etagen sind zu Fuß hinaufzugehen. Kein Aufzug, nur Stufen. Ich weiß nicht, wie ich das hinkriegen soll. Simon holt noch ein Ticket für den Parkplatz. Das sind sicherlich die längsten Treppen meines Lebens. Jede Stufe ist eine Qual. Ich schaffe es bis zur Eingangstür und öffne sie. Die anderen Patienten starren mich an, als ich in den Empfangsraum komme. Die Krankenschwestern sehen mich seltsam an, als ob sie auf meinem Gesicht sehen können, dass es mir überhaupt nicht gut geht. Und dann plötzlich das schwarze Loch.

Als ich die Augen wieder öffne, sehe ich Simon und ein unbekanntes Gesicht, es ist der Arzt. Er sieht mich besorgt an und untersucht mein Herz. Alle um mich herum sind besorgt. Ich verstehe nicht, was hier gerade vor sich geht. Ich höre nur, wie der Arzt Simon sagt, dass er nichts für mich tun kann und dass ich dringend ins Krankenhaus muss. Wir fahren sofort ins nächste Krankenhaus. Simon hält mich an seinem Arm bis zur Aufnahme im Krankenhaus. Ich gehe, ein Schritt nach dem anderen, ganz vorsichtig, aber jeder Schritt ist wie einer zu viel. Ich habe keine Luft mehr. Ich bin buchstäblich am Ersticken. Viele Leute warten in der Notaufnahme. Ich breche fast zusammen und schnappe nach Luft. Ich klammere mich an Simon auf der einen Seite und an das Geländer auf der anderen Seite, als eine Krankenschwester kommt und mich bittet, aufzuhören so laut zu atmen, weil das doch lächerlich wäre. Ich kann ihr nicht antworten. Ich habe keine

Kraft mehr zu sprechen. Sie sieht nicht, dass ich am Ersticken bin. Simon versucht, der Krankenschwester die Dringlichkeit meines Falles zu erklären. Ich bin dabei zu sterben, aber sie merkt es nicht. Sie denkt, ich übertreibe.

Ich werde mich mein Leben lang an dieses Gefühl erinnern, wie ohne Wasser zu ertrinken und trotz Sauerstoff nicht mehr atmen zu können. Das ist eine der schrecklichsten Empfindungen, die ich je erleben musste. Diese Krankenschwester nimmt mich nicht ernst. Sie fordert uns auf, im Wartezimmer Platz zu nehmen, wo Dutzende von Menschen darauf warten, an der Reihe zu sein. In diesem Moment denke ich, dass ich auf einem Stuhl in einem Wartezimmer der Notaufnahme eines der größten Krankenhäuser in der Gegend sterben werde. Simon ist stinksauer und außer sich. Er holt sich woanders Hilfe. Er appelliert verzweifelt an alle möglichen Leute, um meine Situation zu erklären. Letztendlich nehmen sie mich auf, ohne wirklich zu denken, dass ich etwas Schlimmes habe.

Aber nach dem ersten Bluttest kommt die schreckliche Nachricht. Ich habe eine schwere Lungenembolie. Zwei große Blutgerinnsel verstopfen die Arterien meiner Lunge, und die rechte Seite meines Herzens ist bereits schwächer geworden. Mit anderen Worten, ich bin dabei zu sterben. Die Ärzte suchen nach dem Ursprung dieser Embolie. Da ist eine Thrombose in meiner rechten Wade. Ja, die Wade, die mir seit über einem Monat wehtut, die, in der mein Hausarzt einen kleinen Muskelriss gesehen hatte. Nein, es ist eine Phlebitis. Da sie nicht direkt mit Blutverdünnern behandelt wurde, bewegten sich die Blutgerinnsel und hatten einen Monat Zeit, um bis zu meiner Lunge aufzusteigen.

Durch diese Nachricht behandeln mich Ärzte und Krankenschwestern mit absoluter Dringlichkeit und bringen mich auf die Intensivstation. Als ich den Blick der jungen Krankenschwester kreuze, die mir nicht geglaubt hatte, sehe ich ihre Verzweiflung. Sie schaut traurig nach unten. Ich werde sie nie wieder sehen. Also lande ich in einem Bett auf der Intensivstation mit vielen Schläuchen in meinem Körper, Sauerstoff in der Nase, Katheter, um mir so viele Antikoagulationsmittel wie möglich zu injizieren. Während die Ärzte

Adieu an den Mann meines Lebens!

sich um mich kümmern, informiert Simon meine Eltern und das gesamte Team, mit dem wir auf der Reise sind. Meine Familie kommt schnell zu uns und wartet im Wartezimmer: meine Eltern, mein kleiner Bruder Ben und meine kleine Schwester Janna. Ich glaube, mir war zu dem Zeitpunkt nicht bewusst, was gerade passierte. Mit Sauerstoff in den Nasenlöchern liegend, fühle ich mich besser. Ich denke, die Sache ist erledigt, und ich werde bald wieder rauskommen, da ich ja – wie ich meine – rechtzeitig gekommen bin.

Simon sitzt neben mir auf meinem Bett, wir erzählen uns Witze, lachen und es tut gut. Aber als einer der Ärzte, die für meine Akte zuständig sind, es bemerkt, kommt er ein wenig empört zu uns, um uns zu sagen, dass wir den Ernst der Lage wohl nicht verstünden. Mein Fall ist so besorgniserregend, dass wir uns voneinander verabschieden sollten. Er kann sich nicht dazu äußern wie meine Überlebenschancen aussehen. Es besteht akute Lebensgefahr. Da wird uns klar, was wir gerade erleben. Aber trotzdem lachen wir weiter, während wir traurig sind, es ist ein wenig seltsam. Ich sage Simon, wenn ich sterbe, darf er wieder heiraten, aber nur wenn er mir verspricht, sich mein Gesicht auf seine Brust tätowieren zu lassen. Was haben wir gelacht! Aber wir sind so traurig. Wir sind 25 und 26 Jahre alt und müssen Abschied voneinander nehmen.

In dem Moment, in dem ich an meine vier wunderbaren Töchter denke, die ich mit meinen Schwiegereltern in Marseille zurückgelassen habe, zerreißt mein Herz. Es tut mir so weh, dass ich mich nicht verabschieden kann. Ich glaube, das ist der stärkste Schmerz, den ich je in meinem Inneren gefühlt habe, bei dem Gedanken, meine Töchter nie wieder zu sehen. So verbiete ich es mir, an sie zu denken, denn jedes Mal überfällt mich Panik. Selbst mit all den Bemühungen der Welt könnte ich nichts daran ändern, dass ich auf meinem Sterbebett in Deutschland liege und sie in Marseille sind. Lange Minuten vergehen, und die Ärzte sagen uns, dass wir nur abwarten können: Entweder die hohen Dosen von Antikoagulanzien können die Blutgerinnsel auflösen, oder ich sterbe. Für sie gibt es so gut wie keine Überlebenschancen.

Der Sturm zieht vorüber

Während Simon zu meiner Familie in der Empfangshalle geht, um ihnen zu berichten, bin ich allein in meinem Bett in diesem düsteren Zimmer, das eindeutig nach Tod riecht. Gleich neben mir sehe ich einen Mann liegen, der dabei ist, an Krebs zu sterben. Seltsamerweise fühle ich in diesem Moment einen unerklärlichen Frieden. Der Raum ist im Dunkeln, nur die Lichter aller Maschinen, an die ich angeschlossen bin, blinken.

Simon ist noch nicht zurück, als vier oder fünf Ärzte durch die Tür meines Zimmers kommen. Derjenige, der mir als Chef erscheint und mir bereits einige Minuten zuvor die Schwere meines Falls erklärt hatte, wendet sich mit einem ernsten Ton an mich. Er erklärt mir, dass sie „etwas anderes" auf meinem Scann gefunden haben, wie sie sagen. Mit viel Feingefühl sagt er mir, dass sie einen Tumor, so groß wie eine Grapefruit, in meinem rechten Eierstock gefunden haben. Wenn ich diese schwere Lungenembolie überleben würde, müsste ich operiert werden, um ihn entfernen zu lassen, da er bösartig sein könnte. Während er mit mir spricht, fühle ich eine göttliche Gegenwart im Raum. Ich spüre, wie eine Decke vom Himmel kommt und sich auf mich legt. Ich schaue auf die Decke, und was ich sehe, ist außergewöhnlich. Es ist, als wäre Gottes Friede sichtbar. Ich fange an zu lächeln und der Geist Gottes spricht zu mir: „Du wirst leben!" Die Ärzte stehen mir immer noch im Zimmer gegenüber und schauen mich komisch an, bis einer von ihnen zu mir sagt: „Frau Reichör, haben Sie das verstanden? Sie haben einen Tumor! Wissen Sie, was ein Tumor ist? Das kann schlimm sein. Wenn Sie jemals diese Embolie überleben, müssen Sie operiert werden". Ich glaube, sie halten mich für verrückt. Ich schaue sie mit einem großen Frieden an und teile mit ihnen, was ich gerade vom Himmel gehört habe: Ich werde leben. Ich bin fest davon überzeugt, dass es die Wahrheit ist.

Später erfuhr ich, dass in mehreren Ländern eine Gebetskette ins Leben gerufen wurde und dass Tausende von Menschen ihre Stimme zu Gott für mein Leben erhoben. Ich war sehr bewegt, so konkret zu erkennen, welche Familie ich in Christus hatte. Obwohl ich allein in diesem Zimmer war, und diese schlechte Nachricht vom Tumor zu der Embolie erfuhr, fühlte ich mich von all den Gebeten getragen. Eine Nacht vergeht und zur Überraschung aller:

Adieu an den Mann meines Lebens!

Ich bin immer noch da. Ein weiterer Tag geht zu Ende und ich atme noch. Die Ärzte sind überrascht zu sehen, dass die Behandlung funktioniert. Die Tage vergehen und mein Zustand wird besser und besser. Und schließlich, nachdem ich lange Wochen in diesem deutschen Krankenhaus verbracht habe, erlauben mir die Ärzte endlich, nach Marseille zurückzufahren, nur unter der Bedingung, dass ich direkt in die Notaufnahme gehe, um die intensive Behandlung von Blutverdünnern fortzusetzen, um die Blutgerinnsel vollständig zu resorbieren. Es ist eine große Erleichterung, nach Hause zu kommen, vor allem, dass ich meine Töchter wiedersehe. Wir waren noch nie so lange getrennt. Ich will nur eins, sie sehen und umarmen. Ich habe sogar körperliche Schmerzen, weil sie mir so sehr fehlen. Es ist das erste Mal, dass ich erlebe, dass das Herz wirklich schmerzen kann.

Als ich sie auf dem Bahnsteig sehe, weine ich und erlaube mir endlich, all die Emotionen rauszulassen, die sich schon so lange angestaut hatten. Ich lache, weine, schreie und zittere an meinem ganzen Körper. Auf dem Bahnsteig angekommen, ist alles verschwommen, ich sehe nur meine Töchter, lasse meine Koffer stehen und laufe so schnell ich kann. Dieser Moment, in dem wir uns alle fünf in die Arme nehmen, ist unbeschreiblich. Ich finde keine passenden Worte, um es zu beschreiben.
Das Wiedersehen ist so intensiv, dass es wehtut. Wir weinen alle vor Freude. Dann beschließen wir, von dem Versprechen abzuweichen, das wir den Ärzten gegeben haben und machen einen Familienabend. Diese gemeinsame Zeit, dass wir endlich wieder zusammen sind, ist wunderbar. Am nächsten Tag gehe ich wie geplant ins Krankenhaus, um die Behandlung fortzusetzen. Aber ich bin ruhig, ich bin aus dem Schneider!

Wenn Gott spricht

Die Worte der Ärzte waren klar, ich musste mich darauf vorbereiten zu sterben. Aber das ist nicht das, was Gott gesagt hatte, es war nicht sein Plan. Er wollte, dass ich lebe. Man gab mir an einem Abend zwei schlechte Nachrichten, zwei glaubwürdige Gründe, mir die Hoffnung aufs Überleben zu nehmen. Und doch entschied ich mich, mich an die paar Worte zu klammern, die mir der Heilige Geist ins Ohr geflüstert hat. Ich entschied mich zu glauben, dass ich lebe, dass ich überleben würde. In diesem Moment waren die Worte Gottes für mich wertvoller als die der Menschen.

In dieser Situation von Leben und Tod schien es mir einfach zu sein, auf das zu hören, was Gott mir sagte. In der extremen Notlage war es nur natürlich, das zu glauben, was mein Schöpfer über mich sagte. Später wurde mir klar, dass ich oft das, was Gott sagte, ignorierte, indem ich eher die Worte von dem ein oder anderen glaubte, manchmal sogar anklagende Worte und Lügen.

Worte haben so einen wichtigen Platz in unserem Leben. Es gibt die, die wir sagen, die, die wir empfangen, die, die uns verletzen, die, die uns aufrichten, die, die ich mich entschieden habe zu glauben, und die, die ich ablehne. Die Bibel spricht über das Wort: Das Wort des Ursprungs, das Wort, das Fleisch wurde, und es gibt das Wort der Menschen.

Der Ursprung des Wortes:

Johannes 1, 1-5:
Am Anfang war das Wort. Das Wort war bei Gott, und in allem war es Gott gleich. Von Anfang an war es bei Gott. Alles wurde durch das Wort geschaffen; und ohne das Wort ist nichts entstanden. In ihm war das Leben, und dieses Leben war das Licht für die Menschen. Das Licht strahlt in der Dunkelheit, aber die Dunkelheit hat sich ihm verschlossen.

Das Wort, das zum Fleisch geworden ist:

Johannes 1, 14:
Er, das Wort, wurde ein Mensch, ein wirklicher Mensch von Fleisch und Blut. Er lebte unter uns, und wir sahen seine Macht und Hoheit, die göttliche Hoheit, die ihm der Vater gegeben hat, ihm, seinem einzigen Sohn. Gottes ganze Güte und Treue ist uns in ihm begegnet.

Es steht geschrieben, dass das Wort „Fleisch" wurde, es wurde menschlich

Adieu an den Mann meines Lebens!

in der Person Jesu. Dieses schöpferische, göttliche und glorreiche Wort ist uns begegnet. Jesus ist die Stimme Gottes, seines Vaters, in allem, was er ist. Es ist interessant, den Weg des Wortes zu verstehen, woher es kommt und wo es heute ist, zu wissen, dass Jesus es verkörpert hat. Aber was hilft uns das in unserem Leben, was hat das mit uns zu tun?

Das Wort der Menschen:

Wir sind berufen, Christus ähnlich zu sein und das Wort Gottes weiterzugeben. Das sind Sätze, die ich oft gehört habe, die aber manchmal schwer zu leben sind. Ich stelle fest, dass es nicht so einfach ist. Es ist sicher nichts Neues, wenn ich dir sage, dass wir mit unserer Sprache schöne Dinge wie auch Schreckliches sagen können. Man kann mit demselben Organ segnen und verfluchen. Das ist die ganze Komplexität des Kampfes, in dem wir uns befinden. Ein Kampf mit unseren Worten zwischen Gut und Böse, den uns der Apostel Jakobus gut beschreibt.

Jakobus 3, 9-11:
Mit der Zunge loben wir Gott, unseren Herrn und Vater – und mit ihr verfluchen wir unsere Mitmenschen, die nach Gottes Bild geschaffen sind. Aus demselben Mund kommen Segen und Fluch. Meine Brüder und Schwestern, das darf nicht sein! Eine Quelle lässt doch nicht aus der gleichen Öffnung genießbares und ungenießbares Wasser fließen.

Er sagt uns, dass wir mit unserer Zunge den Tod geben wie das Leben, wir fluchen und wir segnen. Also, wie soll man es machen? Wie können wir diesen Kampf gewinnen? Was den Unterschied ausmacht, liegt in der Quelle! Aber was ist unsere Quelle? Zeig mir deine Früchte, und ich sage dir, was deine Quelle ist! Was produzieren deine Worte um dich herum und wie wirken sich die der anderen auf dein Leben aus? Die Kraft des Wortes gibt den Tod oder gibt das Leben.

Während ich Zeugnis gebe, bemerke ich Situationen, in denen ich Worte des Fluches über mich und andere Situationen akzeptiere, oder in denen ich Worte des Lebens annehme. Gott sprach zu mir auf meinem Sterbebett. Er sagte mir, dass ich leben würde, selbst wenn die Ärzte das Gegenteil ankündigten. Und sie hatten aus medizinischer Sicht allen Grund dazu. Rein wissenschaftlich gesehen waren meine Überlebenschancen wirklich sehr gering. Aber Gott hatte gesprochen! Und sein Wort hatte mehr Einfluss als alle anderen. Wenn Gott spricht, erschafft er.

1. Mose 1, 1-3:
Am Anfang schuf Gott Himmel und Erde. Die Erde war noch leer und öde, Dunkel bedeckte sie und wogendes Wasser, und über den Fluten schwebte Gottes Geist. Da sprach Gott: »Licht entstehe!«, und das Licht strahlte auf.

Gott spricht! Er redet, und die Dinge entstehen.
Wünscht er sich etwas, so ruft er es zum Leben, zur Schöpfung, und es geschieht. Wir können es in der Erzählung der Schöpfung im 1. Buch Mose und in der gesamten Bibel lesen. Welche Worte glaubst du in deinem Leben? Auf welcher Grundlage basiert dein Glaube? Worte des Segens oder des Fluches? Leben oder Tod?

In diesem Krankenhaus in Deutschland beschloss ich zu glauben, was Gott mir gesagt hatte. Das heißt nicht, dass ich nie krank geworden bin oder dass mein Zustand nicht kritisch war. Er war es offensichtlich, und die Ärzte konnten nur die sichtbare Realität sehen. Aber in dieser Situation hatte Gott einen Plan und er hat ihn mir gesagt. Also hörte ich mir seine Worte an, nährte mich dadurch und überlebte.

Das Wort Gottes ist mächtig und es kommt nie ohne Wirkung.
Nichts und niemand kann Gott zum Schweigen bringen. Gott spricht!

Ganz praktisch:

✱ GOTT SPRICHT.
– Glaube, was er über dich sagt! Worte des Lebens und nicht des Todes!
– Seine Verheißungen sind ewig!

✱ WIE SIND DEINE WORTE?
– Was kommt aus deinem Mund: Worte des Fluches oder des Segens?

10
Nichts ist unmöglich für Gott

Ich gab der Krankenschwester, die mich im Krankenhaus in Deutschland betreute, ein Versprechen. Ich erinnere mich, dass sie auf ihrem ganzen Körper tätowiert war. Wir haben uns gut verstanden. Ich konnte mit ihr über Gott sprechen, als sie mich fragte, wie ich es mache, trotz meiner Situation so positiv und begeistert zu sein. Ich erzählte ihr, was mein Vater zu mir sagte, als ich ein Kind war: Für Gott ist nichts unmöglich, er kann alles! Ich erklärte ihr, dass es das war, was mir absolutes Vertrauen gab und dass ich daher glücklich war, egal wie die Umstände waren. Eines Tages erzählte sie mir die Geschichte ihrer Tattoos. Da musste ich daran denken, was mein Vater bei meiner Geburt gesehen hatte. Er sah auf meiner Stirn geschrieben, als ob der Satz in die Haut eingraviert wäre: **Nichts ist unmöglich für Gott.** Nachdem ich ihr das erzählt hatte, versprach ich ihr, mir diesen Satz tätowieren zu lassen, wenn ich diese Embolie und den Tumor überleben würde. Ich wollte, dass das Zeugnis der Macht Gottes sichtbar und in mir verankert sei, damit ich jederzeit Zeugnis ablegen kann. Diese Tätowierung würde Gott die Ehre geben.

Ich bin allein in meinem Krankenhauszimmer in Marseille und schaue auf meinen linken Arm, der heute mit diesem Satz beschrieben ist. Ich warte darauf, dass man mir eine Rückmeldung über die Blutprobe gibt, die in den vorherigen Tagen durchgeführt wurde, um herauszufinden, warum ich so jung schon eine Lungenembolie hatte. Ein Arzt, den ich nicht kenne, kommt rein, auf seinem Schild steht „Abteilungsleiter für Innere Medizin". Er bittet mich, mich zu setzen, weil er mir etwas zu sagen hat. Ich habe das Gefühl, dass das, was er mir sagen wird, mir nicht gefallen wird. Mein Herz fängt an zu rasen und ich fühle, wie meine Hände anfangen zu schwitzen. Ich sitze gut auf meinem Bett, und jedes Wort klingt laut in meinem Kopf: „Frau

Reichör, es tut mir leid, Ihnen mitteilen zu müssen, dass wir etwas Schlimmes entdeckt haben, als wir Ihr Blut analysiert haben. Sie haben eine unheilbare Krankheit, das Antiphospholipidsyndrom. Das ist eine Blutkrankheit. Ihr Blut ist zu dick und kann dadurch den Kreislauf in Ihrem ganzen Körper verstopfen. Ohne Behandlung können Sie jederzeit einen Schlaganfall, einen Herzinfarkt, eine Thrombose in den Augen haben und das Augenlicht verlieren, nochmal eine Lungenembolie bekommen und so weiter."

Während er mir ausführlich Details erklärt, was das konkret bedeutet, kann ich meine Tränen nicht mehr zurückhalten. Ich wurde noch nicht einmal an meinem Tumor operiert, und man teilt mir mit, dass ich eine unheilbare und potenziell tödliche Krankheit habe. Ich habe das schlechte Gefühl, dass die Probleme nie aufhören. Ich habe nicht mehr die Kraft, zu Gott zu schreien, ich bin traurig und müde. Ich erinnere mich, dass ich mich gerade in diesem Moment fragte, ob mein Leiden eines Tages aufhören würde.

Der Arzt, der sehr freundlich und nett war, lässt mich wieder allein. Ich rufe Simon direkt an, um es ihm zu sagen, und dann meine Eltern. Ich kann meine Traurigkeit und meine Zweifel nicht mehr zurückhalten. Ich kann nicht aufhören zu weinen. Ich verstehe nichts mehr. Dann erinnert mich mein Vater an den Satz, der jetzt in meine Haut geschrieben ist. Er ermutigt mich, das Vertrauen in Gott zu bewahren und sagt mir etwas, das mich mitten ins Herz trifft, als ob es direkt von Gott kommt: „Darja, du hast immer davon geträumt, dass Gott dich benutzt, Wunder zu vollbringen, vielleicht will er mit dir beginnen, dich zu einem Wunder zu machen!". Ein Hoffnungsschimmer kommt in mein Herz. Nachdem ich aufgelegt habe, strecke ich mich nach Gott aus und frage ihn, was er mit mir machen will. Dann sagt mir der Heilige Geist ganz klar: „Wie soll ich in deinem Körper ein Wunder vollbringen, wenn diese Krankheit durch Menschen heilbar ist?". Ein breites Lächeln erscheint auf meinem Gesicht, und ich verstehe endlich, warum ich hier durch muss. Der Gedanke, ein Wunder in den Händen Gottes zu sein, macht mich stolz und glücklich. Also habe ich nur einen Gedanken: dass Gott dieses Wunder tut!

Ich wünschte, ich hätte es sofort erlebt, aber das war nicht der Fall. Nach der Entlassung aus dem Krankenhaus beginnt ein langes Jahr mit intensiven Behandlungen. In den ersten sechs Monaten muss ich mir jeden Tag eine Antikoagulationsspritze in den Unterleib stechen. Am Anfang habe ich nur ein paar blaue Flecken, aber je mehr Wochen vergehen, desto mehr verändert mein Bauch buchstäblich die Farbe. Ich steche mich nun in die Oberschenkel und sie werden dadurch violett. Ich kann mich nicht mehr im Spiegel anschauen. Ich gehe jeden Monat ins Krankenhaus, um gründliche Blutanalysen machen zu lassen, um den Verlauf der Krankheit zu überprüfen.

Tief in mir habe ich nie das Versprechen Gottes aufgegeben, mit mir ein Wunder zu vollbringen. Deshalb habe ich, wann immer es möglich war, darum gebetet, dass man für mich betete. Ich habe auch für mich selbst gebetet. Ich bin auch zu meinen geistlichen Leitern gegangen, damit sie mit Ölsalbung für ein Wunder beteten, wie es in der Bibel steht.

Jakobus 5, 14-15:
Wer von euch krank ist, soll die Ältesten der Gemeinde rufen, damit sie für ihn beten und ihn im Namen des Herrn mit Öl salben. Ihr vertrauensvolles Gebet wird den Kranken retten. Der Herr wird die betreffende Person wieder aufrichten und wird ihr vergeben, wenn sie Schuld auf sich geladen hat.

Es war nicht immer einfach, Hoffnung zu bewahren. Manchmal war ich entmutigt, und ich fragte mich, wie lange es noch dauern würde. Ich verstand nicht, warum Gott mich nicht direkt heilte. Ich hatte den Eindruck, alles zu tun, was ich konnte, damit er ein Wunder vollbringen konnte. Eigentlich wusste ich nicht, was ich noch mehr tun könnte.
Aber ich blieb fest und setzte meine Behandlung fort.

Etwa sechs Monate nach dem Bekanntmachen meiner Krankheit schlägt mir mein Arzt vor, die Behandlung mit den Blutverdünnern zu stoppen, um eine präventive Behandlung auszuprobieren. Der Vorschlag ist, nichts mehr zu nehmen und einfach sehr wachsam zu sein angesichts der Reaktionen

Der Sturm zieht vorüber

meines Körpers, natürlich mit einer sehr engen Begleitung des Krankenhauses. Ich bin froh, dass uns dies ermöglicht, den richtigen Zustand meines Blutes zu überprüfen, um ein eventuelles Wunder zu bestätigen. Ich lasse nicht los.

Wenn es etwas gibt, das ich mein ganzes Leben lang gelernt habe, dann ist es Ausharren. Ungefähr ein Jahr nach der Bekanntgabe der Krankheit, eines Morgens wie jeder andere, begleitete mich Simon ins Krankenhaus, um die Ergebnisse meines Blutes zu überprüfen. Wir sitzen vor dem Leiter der Abteilung für Innere Medizin, der mir damals die schlechte Nachricht überreichte und mich all die langen Monate begleitet hatte. Ich erinnere mich sehr gut an ihn, er ist so nett und extrem wohlwollend. Er sitzt vor uns und studiert genau meine Akte mit meinen neuesten Blutwerten. Auf einmal schaut er verblüfft zu uns. Er liest die Akte noch mal, bevor er uns wieder ansieht. Es dauert mehrere lange Minuten. Simon und ich fragen uns, was los ist. Man weiß nicht, ob man sich freuen oder sich fürchten soll. Und dann kommt die gute Nachricht.

Sein Gesicht leuchtet auf, als er mit Erstaunen sagt, dass er so ein Ergebnis in den 40 Jahren als Abteilungsleiter der Inneren Medizin noch nie gesehen habe. Er selbst ist schockiert und versteht nicht, was vor sich geht, es ist unmöglich, es zu erklären. Er sagt uns, dass diese Krankheit normalerweise nicht geheilt werden kann und dass diese Blutwerte absolut außergewöhnlich sind. Mein Herz schlägt bis zum Hals, ich schaue Simon an, und wir sind beide zwischen Freudentränen und Erstaunen hin und her gerissen. Das 'war's. Heute werde ich zu einem Wunder in Gottes Händen. Wow! Was für ein außergewöhnliches Gefühl, was für ein Privileg, das zu erleben. Ich habe es so gehofft und erwartet. Ich habe so oft gebetet und so viele Menschen haben mich in ihren Gebeten zu Gott gebracht. Der Arzt erklärt mir, dass die Werte ausgezeichnet sind und dass es mir gut gehe. Er bittet mich natürlich, in den folgenden Monaten nochmal zu kommen, um die Heilung zu bestätigen. Nach monatelanger Überprüfung ist es bestätigt, dass ich geheilt bin.

Gott ist treu

Was ich gerade erlebt habe, war wirklich außergewöhnlich. Seit dem Tag, an dem die Krankheit bestätigt wurde, als Gott mir sagte, er wolle mich zu einem Wunder machen, glaubte ich daran, klammerte mich an sein Versprechen und wusste, dass ich eines Tages seine mächtige Hand an meinem Körper erleben würde. Aber um ehrlich zu sein, dachte ich, es würde viel schneller passieren. Ich habe jeden Tag daran gedacht. Ich habe ungeduldig darauf gewartet. Und je mehr Monate vergingen, desto weniger verstand ich, warum es so lange dauerte. Ich dachte, er muss nur seine Hand ausstrecken, mit seiner Gnade kommen oder einfach das tun, was er will. Er sollte nur kommen und mich heilen. Ich meine, er ist Gott, er ist allmächtig. Ich wusste es tief in meinem Herzen, und das war der Grund, warum ich das Warten nicht verstand.

Im Übrigen habe ich heute noch keine Antwort auf diese Frage, und das ist in Ordnung, denn das, was ich gelernt habe, ist viel stärker, als zu versuchen, alles im Detail zu verstehen. Ich habe verstanden, dass Gott treu ist. Selbst wenn es nicht in unsere Pläne passt, in unsere Erwartungen, er hat die Kontrolle, unabhängig von Umständen, er bleibt treu. Was mir geholfen hat, war, dass ich die Versprechen, die er mir gegeben hat, festgehalten habe. Gott spricht und verspricht uns außergewöhnliche Dinge für unser Leben. Die Bibel ist der Schatz seiner Verheißungen. Ich bin froh, dass der Heilige Geist in diesem Krankenhauszimmer zu mir gesprochen hat, und ich bin es noch mehr, weil ich viele seiner Verheißungen in seinem Wort wiederfinden kann. Zu wissen, dass er meine Zuflucht, meine Unterstützung und meine Hilfe ist. Ich brauche keine Angst zu haben, denn ich weiß, dass er da ist, das ist eine totale Absicherung.

Psalm 46, 1-3:
Ein Lied der Korachiter, für hohe Stimmen. Gott ist unsere sichere Zuflucht, ein bewährter Helfer in aller Not. Darum haben wir keine Angst, auch wenn die Erde bebt und die Berge ins Meer versinken,

Der Sturm zieht vorüber

Wie ich bereits sagte, weiß ich nicht, warum wir manchmal warten müssen, warum manchmal schwierige Situationen Zeit brauchen, um sich aufzulösen oder zu klären, aber eines bin ich mir sicher, dass Gott uns nie im Stich lässt. Er bleibt an unserer Seite und festigt unsere Schritte. Warum bin ich mir so sicher? Weil es in der Bibel steht. Das ist die Antwort, die ich für mich gefunden habe. Ich glaube, Gott hat mir geholfen, meine Schritte zu festigen und voranzugehen, verankert in der Identität, die ich in Jesus habe. Ich habe sein Wort nicht einfach nur gelesen, sondern es konkret erlebt. In der Passage in den Psalmen (37, 23-24) ist zu lesen, dass Gott Freude an unserem Weg hat und dass, wenn wir fallen, wir nicht zerschlagen werden; er nimmt uns an die Hand, damit wir aufstehen und den Weg weiter gehen können.

Psalm 37, 23-24:
Der Herr hat Freude an einem redlichen Menschen und lenkt alle seine Schritte. Er mag fallen, aber er stürzt nicht zu Boden; denn der Herr hält ihn fest an der Hand.

In diesem Jahr der medizinischen Behandlung, des Wartens, der Entmutigung und manchmal des Zweifels, konnte ich erfahren, dass Gott mich wieder aufrichtete. Es hat mir ermöglicht, immer, zu jedem Zeitpunkt, ein festes Vertrauen zu diesem treuen Gott zu haben. Ich weiß, manchmal versteht man nichts mehr oder fragt sich, was man getan hat, weswegen man das durchmachen muss. Aber in Wirklichkeit konnte ich nicht das ganze Bild sehen. Ich sah nur den Teil, den ich gerade erlebte. Gott hingegen sah es schon damals in seiner Gesamtheit. Während wir uns nach und nach darüber im Klaren werden, sieht Gott schon bereits das große Ganze. Er sieht, wie sehr unser Leben ihn in guten und schlechten Tagen verherrlichen kann.

Psalm 9, 9-10:
Der ganzen Welt spricht er gerechtes Urteil, unparteiisch entscheidet er über die Völker. Den Unterdrückten bietet er sicheren Schutz; in schlimmer Zeit sind sie bei ihm geborgen.

Nichts ist unmöglich für Gott

Ich denke, eines der Geheimnisse liegt im letzten Satz des Verses. Gott lässt diejenigen, die ihn suchen, nicht im Stich, er schützt sie und sie sind bei ihm geborgen. Wir sind oft Weltmeister darin, uns zu beschweren, alles in Frage zu stellen und schließlich an der Güte Gottes zu zweifeln, wenn wir eine schwere Zeit durchleben. Wie wäre es, wenn wir einfach anfangen, Gott zu suchen und zu glauben, dass er die Kontrolle hat? Natürlich hatte ich Tage des Zweifels, Tage, an denen ich wütend war, als ich nichts mehr verstand; Tage, an denen ich mich ein Leben lang krank sah und ein Wunder vielleicht erst als 90-Jährige sah. Aber ich bin immer zu Gott zurückgekehrt. Ich habe ihm ständig gesagt, dass ich ihm vertraue und dass ich weiß, dass er treu ist. Ich kann euch nicht beschreiben, wie ich mich fühlte, als ich von meiner Heilung erfuhr. Um einen Vergleich zu ziehen, war es wie am Weihnachtsmorgen. Ich öffnete ein außergewöhnliches Geschenk, aber in Wirklichkeit hatte ich bereits das schönste Geschenk erhalten, die Treue meines Gottes.

Ich bin nicht die Einzige, die es bekommen hat. Oft merkt man es nicht. Vielleicht ist es an der Zeit, es zu erkennen und sich ganz auf den Gott zu verlassen, der nur darauf wartet, dass wir ihn suchen.

Jeremia 29, 13:
Ihr werdet mich suchen und werdet mich finden. Denn wenn ihr mich von ganzem Herzen sucht, werde ich mich von euch finden lassen.

Ganz praktisch:

- ✸ GOTT SIEHT DAS GANZE BILD. HABE KEINE ANGST UND BESCHLIESSE, IHM ZU VERTRAUEN, EGAL WIE LANGE ES DAUERT!
- ✸ VERTRAUE SEINEN VERHEISSUNGEN. VIELLEICHT HAT ER DIR GANZ PERSÖNLICHE GEGEBEN, ABER ES GIBT AUCH DIE IN DER BIBEL. HALT DICH AN IHNEN FEST!
- ✸ SUCHE GOTT VON GANZEM HERZEN, DANN WIRST DU IHN FINDEN. ER IST TREU!

11
Der Sturm zieht vorüber!

Ich werde gerade untersucht, um herauszufinden, ob mein Tumor bösartig ist oder nicht. Ich ziehe mich gerade wieder in einem winzigen Raum an, und jede Sekunde frage ich mich, ob ich auch noch gegen Krebs kämpfen muss. Ich habe ja jetzt Erfahrung. Ich habe Angst, ich fürchte mich vor dieser Idee, aber gleichzeitig fühle ich mich stark, um eine x-te Prüfung mit Gott zu bestehen.

Ich erinnere mich an den Moment, als ich erfuhr, dass sie einen Tumor gefunden hatten und dass er bösartig sein könnte. Ich dachte als Erstes, dass ich meine Haare verlieren würde. Bei dem Gedanken war ich so traurig. Als ich es meiner Mutter anvertraute, versprach sie mir, dass sie sich ihren Kopf rasieren würde, wenn es so wäre. Wir saßen gerade im Zug zurück aus Deutschland und wir beide weinten so sehr. Meine Mutter hatte mir gerade den schönsten Liebesbeweis meines Lebens gegeben.

Bevor ich von der Blutkrankheit genesen war, als mein Zustand stabil genug war und die Behandlung abgeschlossen wurde, boten mir die Ärzte an, mich zu operieren, um mir den Tumor aus dem rechten Eierstock zu entfernen. Aber vor einer Operation mussten sie wissen, ob er krebsartig war oder nicht. Im Wartezimmer sehe ich durch die Scheibe das Gesicht des Arztes. Ich versuche, seine Mimik zu erraten, aber nichts zu machen, er lässt nichts erkennen. Plötzlich kommt er raus, kommt auf mich zu und sagt mir, dass mir die Testergebnisse per Post zugestellt werden, weil er mir nicht sagen darf, wie es aussieht.

Ich will nicht warten. Ich kann nicht länger warten. Also flehe ich ihn an, mir wenn auch nur ein Zeichen zu geben. Ich weiß nicht, ob er meine Verzweiflung sah, oder ob ich ihm einfach sehr leidtat, aber er muss auf jeden Fall von etwas berührt gewesen sein, da er mir das Ergebnis mitteilte: „Keine Sorge, der Tumor ist gutartig". Da fällt mir ein riesiger Stein von meinem Herzen und ich fange an mir vorzustellen, dass bessere Zeiten kommen. Einige Zeit später wurde ich operiert und sie entfernten mir diesen Tumor.

Als mein Arzt mir den Krankheitsbefund mitteilte, sagte er mir auch, dass ich sicher keine Kinder bekommen könnte. Aber als er merkte, dass ich bereits vier hatte, sagte er mir, dass mein Fall sehr selten sei, da Menschen mit einem Antiphospholipidsyndrom gewöhnlich eine Fehlgeburt nach der anderen haben und keine Kinder bekommen können. Da wurde mir klar, dass jede meiner Töchter ein echtes Wunder war. Simon und ich haben immer davon geträumt, vier Kinder zu haben, und mir wurde bewusst, dass Gott unseren Traum erfüllt hat. Der Arzt hatte mir dringend geraten, die Eileiter durchtrennen zu lassen, da es für mich lebensbedrohend wäre, ein fünftes Mal schwanger zu werden. Wir waren sehr glücklich mit unseren vier Kindern und uns wurde bewusst, wie sehr es Gottes Gnade war. Beim Entfernen des Tumors wurden dann auch die Eileiter durchtrennt. Das Erstaunliche an dieser ganzen Sache ist, dass wir lange Zeit negative Bemerkungen bekamen, weil wir unsere Kinder so eng nacheinander bekamen. Vier Mädchen in vier Jahren. Ich war 20, als ich meine erste Tochter zur Welt brachte, und 24 Jahre alt bei meiner letzten. Und als ich 25 Jahre alt war, wurde der Tumor am Eierstock und die Krankheit entdeckt, weshalb ich heute keine Kinder mehr bekommen kann.

Mit etwas Abstand sieht man, wie sehr Gott alles in seiner Hand hatte und dass er uns trotz allem in seiner Gnade mit Glück erfüllt hat. Er hatte die Kontrolle in jeder Situation, sein Plan war perfekt, selbst wenn ich von Schmerzen geplagt war, er war da, auch wenn ich einsam war und seine Verheißungen blieben, während ich zweifelte. Eines Tages, mitten in meinen Leidensjahren, als ich mit meinen Babys im Stillraum der Kirche bin, kommt meine Freundin Néné zu mir. Als sie mich fragt, wie

Der Sturm zieht vorüber!

es mir gehe, weine ich und antworte ihr, dass es mir absolut nicht gut gehe, dass ich am Boden bin. Da sagte sie Worte, die für immer in mein Herz eingraviert bleiben werden: „Heute bist du vielleicht auf den Knien, aber du liegst nicht, du bist nicht tot. Es wird der Tag kommen, an dem Gott dich wieder aufrichten und dich mit der Geschichte deines Zeugnisses mächtig gebrauchen wird." Ich habe mich so lange an diese Worte Gottes geklammert, und heute lebe ich sie wirklich. Gott hat mich aufgerichtet und wird durch mein Zeugnis verherrlicht.

Heute möchte ich dir diese Worte sagen. Vielleicht hast du dich beim Lesen dieses Buches in bestimmten Situationen wiedererkannt, oder vielleicht geht gerade eins deiner Kinder, ein Freund oder Verwandter durch verschiedene Schwierigkeiten. Ich habe dir keinen Rat zu geben. Aber was ich weiß, ist, dass der Sturm vorüber geht. Du bist vielleicht heute auf den Knien, aber du liegst nicht, du bist nicht tot. Gott wird dich wieder aufrichten, wenn du dich ihm anvertraust.

Ich bin mir absolut sicher, dass die Stürme meines Lebens noch nicht vorbei sind, aber eine Sache, die ich gelernt habe, als ich all diese Prüfungen durchgemacht habe, ist, dass sie nicht ewig sind. Mir wurde klar, dass, obwohl das Weinen abends kommt, die Freude am Morgen wiederkehrt.

Psalm 30, 5:
Ihr alle, die ihr zum Herrn gehört, preist ihn mit euren Liedern, dankt ihm und denkt daran, dass er heilig ist!

Die Krone

Es ist wieder Ruhe eingekehrt. Das ist das Ende des größten Sturms, den wir bisher erlebt haben. Sechs Jahre Leiden, praktisch ohne durchzuatmen. Das fast normale Leben zieht ein und wir schaffen es, uns auszuruhen und mit der Familie zusammen zu sein. Und trotzdem spüre ich immer noch eine schwere Last auf meinen Schultern. Wenn ich an meine Jahre des Leidens zurückdenke, kann ich nicht anders als in Tränen auszubrechen und mein

Herz schmerzt. Ich habe so viele traumatische Erlebnisse angesammelt und mir nicht unbedingt die Zeit genommen, sie zu verarbeiten. Während dieser Zeit habe ich sehr viel an Gewicht zugenommen. Mit meinen zeitlich eng nacheinander liegenden Schwangerschaften und meinen Krankheiten habe ich etwa 40 Kilo zu viel. Mein Körper drückt äußerlich einen Mangel an Gleichgewicht aus und das Leid, das ich auch in meiner Seele erlebe.

Eines Tages schlug mir meine Mutter, die mein Leiden sah und auch meine Vertraute ist, vor, professionelle Hilfe zu suchen. In dem Jahr, in dem ich 28 Jahre alt war, beschloss ich, mit meiner Mutter ein paar Tage zu einer Therapeutin nach Deutschland zu fahren, die auf Traumata spezialisiert ist und ebenfalls Pastorin ist. Ich will frei werden von dieser Last der Vergangenheit. Ich habe absolut keine Ahnung, was mich erwartet, aber ich weiß eines: Ich will von ganzem Herzen, dass Gott meine Seele, meinen Körper und meinen Geist wiederherstellt.

Wir beginnen eine intensive Arbeit für mehrere Tage, die mir wie eine Ewigkeit erscheinen. Ich werde jetzt nicht ins Detail gehen. Ich hoffe, dass ich eines Tages ein Buch herausgeben kann, das diesem Thema gewidmet ist. Am Ende des Aufenthaltes, bei der letzten Therapiesitzung, nehmen wir uns eine Zeit, um zu beten und Gott jedes meiner Traumata zu übergeben. Und das ist der Moment, in dem ich eines der größten Wunder meines Lebens erlebe.

Meine Mutter und Heidi, diese sehr nette Pastorin, sind im selben Raum wie ich. Sie beten für mich, als ich plötzlich mit geschlossenen Augen beginne, jede der Situationen, die in diesem Buch beschrieben sind, wieder zu erleben. Ich erlebe aufs Neue jede einzelne Geschichte. Aber jedes Mal, wenn eine Geschichte endet, kommt Jesus persönlich mir entgegen, übernimmt die Last von dem, was ich durchgemacht habe, und geht mit einem Rucksack weg. Als ich nach der letzten Situation des Leidens sehe, wie Jesus mit diesem Sack von Traumata weggeht, bin ich wie befreit. Aber es ist noch nicht vorbei. Er kommt zurück und bringt mir eine Krone. Es ist nicht irgendeine Krone, denn sie ist aus all meinen Leiden, Herausforderungen,

Traumata gemacht. Jesus sagt zu mir: „Du hast einen schweren Rucksack von deinen Leiden getragen, ich nahm ihn und machte daraus eine schöne, leichte Krone. Du trägst immer noch die Spuren dessen, was du erlebt hast, aber diesmal als Schatz und nicht als eine schwere Bürde". Als ich die Augen öffne, bin ich für immer verändert. Ich bin von meinem Leiden befreit. Dann sehe ich meine Mutter und die Therapeutin an und sage: „Alles ist gut! Es ist vorbei! Ich bin frei!" Die Therapeutin ist völlig schockiert, ein Wunder vor ihren Augen geschehen zu sehen. Sie hatte mir gesagt, dass das, was ich durchgemacht hatte, nicht ein Leiden gewesen wäre, sondern dass es mehr Folter ähnelte. Ihrer Ansicht nach würde es Jahre oder sogar ein ganzes Leben dauern, um alles zu verarbeiten, was ich in meinem Leben durchmachen musste. Aber das war nicht Gottes Plan. Er wollte mich befreien, und er wollte, dass ich wie eine Prinzessin bin, die stolz die Krone seines Ruhms in ihrem Leben trägt.

Gottes Plan für unser Leben ist es, eine Krone zu tragen und nicht einen Rucksack mit angehäuften Leiden, der mit den Jahren immer schwerer wird. Nicht irgendeine Krone, sondern eine, die ihn verherrlicht und bezeugt, was er in deinem Leben getan hat. Ich habe dieses Buch aus zwei Gründen geschrieben. Der erste ist natürlich, um meinen Gott zu verherrlichen, den, der mich begleitet, getröstet, geheilt und befreit hat. Der zweite Grund ist, um all jene zu ermutigen, die leiden, so hart es auch sein mag und ihnen zu zeigen, dass alles möglich ist, dass wir einen allmächtigen Gott haben, dem absolut nichts unmöglich ist.

Der Sturm zieht vorüber!

Markus 4, 39:
Jesus stand auf, sprach ein Machtwort zu dem Sturm und befahl dem tobenden See: »Schweig! Sei still!« Da legte sich der Wind und es wurde ganz still.

DANKSAGUNGEN

Vor allem möchte ich Gott danken, ohne den dieses Buch nicht einmal existieren würde. Er ist der Grund, warum ich morgens aufstehe. Dieses Buch existiert in erster Linie, um ihm die Ehre zu erweisen, um seine Güte, seine Treue und seine Liebe in jeder Situation zu bezeugen.

Der ersten Person auf dieser Erde, der ich danken möchte, ist natürlich mein Mann, Simon. Er ist mein engster Partner, mein bester Freund und ein großartiger Vater.
Dieses Buch handelt größtenteils von unserer Geschichte, ich erzähle, wie ich sie erlebt habe, aber es war ganz sicher auch ein Sturm für Simon. Trotz allem war er immer mein Fels und mein treuer Freund. Wir haben viel geweint. Wir haben uns oft gestritten, aber vor allem viel gelacht. Unsere Liebe ist gestärkt worden, vertieft und größer geworden. Ich weiß heute, dass das Versprechen, das wir uns an unserem Hochzeitstag gegeben haben, weder eine Lüge war oder nur schöne Worte waren. Du und ich für immer in guten und schlechten Zeiten, in den Tälern und auf den Gipfeln, im Sturm und unter der Sonne. Neben seiner Rolle als Ehemann war er ein Fan, ein Kritiker, ein Redakteur und manchmal auch ein Therapeut. Ja, weil jedes Kapitel mit Tränen geschrieben wurde. Es war sehr bewegend, Worte über unsere Leiden zu schreiben und die Treue Gottes in jedem von ihnen zu sehen. Simon hat mich dazu gebracht, dieses Buch zu schreiben, er hat mich viele Monate lang ermutigt, nicht aufzugeben und dieses Projekt zu Ende zu führen.

Danke an meine vier Töchter, Céleste, Rebecca, Camilia und Melissa, denen ich dieses Buch widme. Das ist auch ihre Geschichte. Wenn es ein nicht materielles Erbe gibt, das ich ihnen für immer hinterlassen möchte, dann ist es das wundersame Zeugnis der Macht Gottes in ihrem und in meinem Leben. Ja, wir haben gelitten, aber ja, wir haben das Wunder Gottes in unserem Leben gesehen und erfahren. Danke an sie, dass sie mir diese Zeit des Schreibens gegeben haben, all die Stunden, die ich mit dem Schreiben verbrachte und nicht mit ihnen zusammen war. Sie haben mich dafür freigesetzt, und dieses Buch ist heute ihre Belohnung.

Danke an meine Eltern Björn und Brita, denen ich meinen unerschütterlichen Glauben und mein festes Fundament in Jesus Christus verdanke. Seit meiner Geburt und in allen Umständen haben sie mich vor Gott gebracht. Sie lehrten mich, dass ihm, Gott, nichts unmöglich ist, nicht nur durch ihre Worte, sondern auch durch ihre Taten. Es gäbe so viel zu sagen, was ich von ihnen lernen konnte, aber was dieses Buch angeht, haben sie mir gezeigt, dass jeder Sturm vorbeizieht. Ihre tiefe Liebe zu Gott und zu den Menschen inspiriert mich bis heute in allem, was ich tue. Sie sind mein Vorbild.
Sie sind meine Inspiration. Ohne sie hätte ich es nicht geschafft, mit den Stürmen meines Lebens fertig zu werden, wie ich es tun konnte.

Danke an meine Geschwister Tjerk, Ben, Janna und Joy. Ja, wir 7 à la maison (eine TV-Serie) in der Marseiller Version. Ich liebe euch alle so sehr und bin so dankbar für jeden von euch. Wir haben viel gemeinsam erlebt und wir haben Gottes Handeln in unserem Leben schon in jungen Jahren gesehen. Ihr habt mich so oft unterstützt und getröstet. Ihr habt mit mir geweint und mich ermutigt, nicht aufzugeben. Danke an meine Schwager Mani und Luki und meine Schwägerin Emilie. Ihr seid Teil meines Lebens und ihr inspiriert mich, Danke! Ihr wart mitten im Sturm mit uns und ihr wart die perfekte Familie in dieser Zeit. Ich liebe euch, als wärt ihr mein Fleisch und Blut.

Danke an meine Schwiegereltern Michaela und Josef. Danke, dass ihr uns während des langen Sturms immer getragen und unterstützt habt. Danke, dass ihr so oft nach Marseille gekommen seid, um uns zu helfen, trotz der 1.200 km, die uns trennen. Danke, dass ihr euch so liebevoll um uns gekümmert habt, dass ihr für uns gebetet habt, dass ihr mir so oft im Haushalt und der Küche geholfen habt (besondere Erwähnung für Michaela). Ihr seid Schätze in meinem Leben und ich danke Gott, dass ich euch als zweite Eltern habe.

Ich möchte all meinen Freunden danken, die mich die ganze Zeit unterstützt, getragen und unterstützt haben. Es gab Umarmungen, Schweigen, Tränen und Freuden. Ihr habt mir auch manchmal den Spiegel gezeigt, damit ich meinen Zustand erkenne und mich Gott zuwenden kann. Danke an meine lieben Freunde Élisa und Mat, danke, dass ihr mir immer zugehört habt, getröstet und zu Gott gebracht habt, ich liebe euch sehr! Danke an meine Familie EPP (Protestantische Kirche „Le Panier")! Ich danke euch allen für eure Unterstützung und eure ständigen Gebete. Das Wunder in meinem Leben ist auch eures.

Danke an Pastor Friedhelm Holthuis für diese Worte, die so relevant und richtig waren, während ich auf meinem Sterbebett in Deutschland lag. Sie klingen noch heute in unseren Herzen. Danke an die Pastorin und Therapeutin Heidi, dass sie mich zu Jesus begleitet hat, damit er meine schweren Rucksäcke in eine leichte Krone verwandelt.

Abschließend möchte ich dem Pflegepersonal danken. Ich habe großen Respekt vor jedem ihrer Berufe, der den Notleidenden hilft. Jahrelang war ich sehr oft im Krankenhaus, für mich oder meine Töchter. Danke an Ärzte, Krankenschwestern, Kinderkrankenschwestern, Kinderärzte, Fachärzte, Mediziner für Innere Medizin, Notärzte und alle, die ich vielleicht noch vergessen habe. Ich erinnere mich an all die Gesichter von diesen Männern und Frauen, die mich in den dunkelsten Momenten meines Lebens begleitet haben. Danke für eure Hingabe.

Instagram : @darjareichor
Facebook : Darja Reichör